衛斯理小説典藏版 05

回歸悲劇

《藍血人》續集

衛斯理
親自演繹衛斯理

《回歸悲劇》

新之又新的序言，最新的

衛斯理小説從第一次出版至今，歷時已近半世紀，總共出了多少正版，還能計得清，若是連盜版一起算，那就算找外星人來算，也算匆清楚哉！不知能不能也算世界記錄。

算得清好，算匆清也好，能幾十年來不斷出新版，説明不斷有讀者加入，對作者來説，沒有更值得高興的事了，謝謝所有喜歡衛斯理的人，謝謝謝謝。

二〇二〇年 六月四日 香港

幾句話

寫了四十多年小說，論者將拙作分為三個時期：早、中、晚。在明窗出版的一批，屬於早期和中期的上半。三個時期的創作風格有相當程度的不同，所以風評不一。本人並無偏愛，但讀友對早期的作品，頗有好評，大抵是由於在早、中期作品之中，主要人物精力充沛，活力無窮，所以使故事曲折多變，小說也就格外吸引。明窗出版社此次重新出版這批作品，正好讓大家來證明這一點。

四十餘年來，新舊讀友不絕，若因此而能有新讀友，不亦快哉！

倪匡

二〇〇五年十一月六日

序言

《藍血人》分成上下兩集，而把下集定名為「回歸悲劇」，自然是指方天千方百計回歸土星之後的悲劇而言。方天用盡方法回歸的時候，並不知道他的星球已然發生了悲劇。但，如果他知道，他會怎樣呢？

當然，他一樣會選擇回去，他是無法在地球上生活下去的，原因十分簡單，他不是地球人！

這又不單是方天的悲劇了，幾乎是所有生物的悲劇了。魚離不開水，樹獺離不了樹，地球人離不了地球，土星人也離不開土星。生物的生活，有着遺傳的對環境的局限，無法突破。

很奇怪的是在《回歸悲劇》中提到了太平天國的翼王石達開，而近日在寫的衛斯理故事第六十幾個，正準備以這個人為題材，而在「回」中所述的那一段，不是重新校刪增補，是根本忘記了的！

衛斯理（倪匡）

一九八六年八月二十二日

目錄

第十五部

七君子黨

那警官取出煙盒來，先讓我取煙，我順手取了一支煙，但是在那一剎間，我想起，像我那樣，過着冒險生活的人，是不論在什麼樣的情形下，都不能接受別人的香煙的。

因為，在香煙中放上麻醉劑的話，吸上一口，便足以令人昏過去了。

所以，我將已經取了起來的香煙，又放回了煙盒，道：「是英國煙麼？我喜歡抽美國煙。」剛好，我身上的是美國煙，所以我才這樣說法。

那警官十分諒解地向我一笑，自己取了一支。待我取出了煙後，他便取出打火機來。打着了火，湊了上來。我客氣了一句，便就着他打火機上的火，深深地吸了幾口，在那一剎間，我只覺得那警官面上的笑容，顯得十分古怪。

我的警覺馬上提高，推開了他的打火機。

但也就是在那個時候，我只覺得一陣頭昏！

我已經小心了，然而，還不夠小心！

我沒有抽他的煙，可是卻用了他的打火機。他只要在打火機芯上，放上烈性迷藥的話，我一樣是會吸進去的。我想撐起身子來，但已經不能了。在那一瞬間，我只覺得眼前一陣陣發黑，在黑暗中，似乎有許多發自打火機的火焰，在我面前晃來晃去。

總共只不過是一秒鐘的時間，只覺得車子猛地向旁轉去，我已失去了知覺。

在日本，幾天之間，這我已是第三次失去知覺了。這真是我從來也未曾有過的恥辱，當我又漸漸有了知覺之際，我就有了極其不祥的感覺。我甚至不想睜開眼來，只想繼續維持昏迷。

我沒有聽到任何聲音，閉着眼睛，也沒有眼前有光線的感覺。

我睜開眼來，只見眼前一片漆黑，我自己則像是坐在一隻十分舒適的沙發上。我略事挪動一下身子，眼前陡地大放光明。

我知道，一定是在沙發中有着什麼裝置，我一動，就有人知道我醒來了。

我打量了一下，那是一間十分舒服的起居室，沒有什麼出奇的地方。我冷笑了一聲道：「好了，還在做戲麼？該有人出來了。」

我的話剛一講完，就有人旋動門柄，走了進來。

我仍坐着不動，向那人望去。

只見進來的是一個中年人，那中年人的衣着，十分貼身而整潔。他並不是日本人，照我的觀察，他像是巴爾幹半島的人。

這時，我的心中，倒是高興多於沮喪了。

我又不自由主來到了一個我所不知底細的地方，這自然不是好現象，這又何值得高興之有？

但是，我卻知道：這裏絕不是「月神會」的勢力範圍，也不是某國大使館，那麼，便極有可能是搶走了那隻硬金屬箱子的那方面人物了。

我仍是坐着不動，以十分冷靜、鎮定的眼光望着那中年人。那中年人也是一聲不出，直到他在我的面前坐了下來，才向我作了一個禮貌上的微笑，道：「先生，我願意我們都以斯文人的姿態談上幾句。」

我冷笑地道：「好，雖然你們將我弄到這裏來的方法，十分不斯文。」

那中年人抱歉地笑了笑，道：「我們不希望你知道我們是什麼人，也不希望你向人提起到過這裏，你的安全絕無問題。」

在那中年人講話的時候，我心中暗暗地思索着。

那中年人的話，顯然不是故作神秘，但是他究竟屬於什麼勢力、什麼集團的人物呢？旁的不說，單說那假冒警官的人，便是不可多得的人才。

我只是點了點頭，並不說話。

那中年人又笑了笑。道：「要你相信這件事實，無疑是十分困難的，但是我卻不能不說。」

我冷笑了一聲道：「你只管說好了。」

那中年人道：「我，和我的朋友們，是不可抗拒的，你不必試圖反抗我們，以及想和我們作對，你必須明白這一點。」

我大聲笑了起來，道：「是啊，你們是不可抗拒的，所以我才被超級的迷藥，弄到了這裏來了。」

那中年人沉聲道：「我並不是在說笑！」

我欠了欠身，道：「我知道不是說笑，國際警方的工作人員被收買，手提機槍、數十人的出動，難道是說笑麼？」

那中年人的鎮定功夫，當真是我生平所僅見。

我突然之間講出了幾句話，等於是說我已經知道了他的來歷。我是只不過冒他一冒而已，但是卻給我冒中了。

照理說來，那中年人應該震驚才是，但是他卻只是淡然一笑，道：「衛先生，你真了不起，你應該是我們之中的一員。」

我不禁被他的話，逗得笑了起來，巧妙地道：「先生，不要忘記你們是什麼人，我一無所知，你何以便能斷定我可以成為你們之中的一員？」

那中年人攤開了雙手，道：「我們幾個人，只想以巧妙的方法弄些錢，只此而已。」

我又笑道：「譬如什麼巧妙的方法？」

那中年人哈哈笑了起來，道：「譬如不合理的關稅制度，那是我們所堅決反對的，又譬如，有什麼人遭到無法解決的困難之際，只要給我們合適的代價，我們也可以為他做到。」

那中年人的話，猛地觸動了我心中已久的一件事。

我早已聽得人家說起過，世上有一個十分嚴密、十分秘密的集團，那集團的核心人物只有七個，他們自稱「七君子」（Seven Gentlemen）那七個人的國籍不同，但是卻有一個共同之處，那便是在第二次世界大戰中，他們都曾在地下或在戰場上和敵人鬥爭過。

這七個人的機智、勇敢，和他們的教養、學識，都是第一流的。

也正因為如此，所以這個集團的行蹤飄忽，不可捉摸。但是有一些大走私案、大失竊案，甚至國際上重大的情報買賣，都可以肯定是他們所做的。

那是因為他們每做一件事後，都將事情的詳細經過告訴事主之故。而他們的對象，大都也是些為富不仁的傢伙。

這七個人是公認神秘的厲害的人物，如今在我面前的那個中年人，無論是體態、言語，都曾受過高度的教育，他自然毫無疑問，是「七君子黨」中的一員了。

我想了一想，並不指穿他的身分。而我的心中，則更放心了許多。因為這七個人，倒也是出名地君子，他們若要殺人，那你絕不易躲避，他們若說不殺人，那麼你的安全也沒有問題。

如今，我的心中只有一個疑問，便是：他們將我弄到這裏來，是為了什麼？

那中年人望着我，房間中十分靜。

好一會，那中年人才道：「你明白了麼？」

我微笑着道：「有些明白了。」

那中年人站了起來，道：「你一定要問我，為什麼將你請到這裏來的了？」

我道：「我沒有問，是你在等待我的發問。」

那中年人伸出手來，道：「我們之間，應該清除敵意才是。我叫梅希達。」

我仍然不站起來，只是坐着和他握握手，道：「我知道，你是希臘抗納粹的地下英雄，你是一個親王，是不是？」

這「七君子黨」七個人的履歷，不但掌握在警方的手中，許多報紙也曾報導過，是以我一聽他講出了名字，便知道他是出名的希臘貴族，梅希達親王了。

梅希達道：「想不到我還是個成名人物！」他又坐了下來，道：「我們受了一個人的委託，這個人是肩負着人類一項極其神聖的任務的，我們必須幫助他，以完成他的理想。」

我立即反問道：「這和我又有什麼關係呢？」

梅希達道：「有，因為你在不斷地麻煩他，而且，做着許多對他不利的事情。我們請你放棄對他的糾纏，別再碰他。」

梅希達的語言，聽來仍是十分有教養，十分柔和，但是他的口氣，卻已十分強硬。

如今，我正在人家的掌握之中，自然談不上反對梅希達的話，而且，我根本不知道他所說的是什麼人，我的確想不起我曾經麻煩過一個「負着人類偉大的任務」的人來。

我望着他，道：「你或者有些誤會了。」

梅希達道：「並不，你以不十分高明的手段，偷去了他身上的物事，而其中有些，是有關一個大國的高度機密的！」

我「哦」地一聲，叫了出來。

我已經知道他所指的是什麼人了。他說的那人，正是方天！不錯，我曾給方天以極度的麻煩。

但，方天也幾乎令我死去兩次！

我還要找方天，因為佐佐木博士之死，和季子的失縱，他也脫不了干係！

當我和方天最後一次會面，分手之際，我曾要方天來找我，卻不料方天並不來找我，而不知以什麼方法，和出名的「七君子黨」取得了聯繫！

我笑了一笑，道：「我想起你的委託人是什麼人來了。」梅希達道：「我……那麼我們可不可以訂立一個君子協定呢？」

我搖了搖頭，道：「不能。」

梅希達歎了一口氣，道：「對於你，我們早就十分注意了，我們還十分佩服你，但你硬要將自己放在和我們敵對的地位上……」

他講到這裏，無限惋惜地搖了搖頭。

我聳了聳肩，道：「如果必須要和你們處在敵對的地位，我也感到十分遺憾，但是我首先要請問一句，你們對你們的委託人，知道多少？」

梅希達的神態，十分激動，道：「他的身分，絕不容懷疑，他是當代最偉大的科學家，也是某一大國征服土星計劃，實際上的主持人。」

我追問道：「你們還知道些什麼？」

梅希達道：「這還不夠麼？這樣的人物，來委託我們做事，我們感到十分光榮，一定要盡一切可能，將事情做到。」

我聽到這裏，心中猛地一動，立即問道：「那麼，搶奪那隻硬金屬箱子，也是出於他的委託了？」

梅希達道：「是的。」

我道：「他編造了一個什麼故事呢？」

梅希達道：「故事，什麼意思？」

我道：「例如說，箱子中的是什麼，他為什麼要取回去。先生，我希望你和我說實話。」

梅希達的面上，開始露出了懷疑之色，道：「他說那是一件機密儀器，被他所服務的機構中的叛徒偷出去，賣給另一個敵對的國家的。」

我好半晌沒有說話，腦中只覺得烘烘作響。

納爾遜先生的推斷證實了，方天和那隻硬金屬箱子，的確是有關係的。而我自己的推斷，也快要證實了：方天既然和「天外來物」有着那樣密切的關係，那麼他當真是「天外來人」了？

梅希達還在等着我的回答。我呆了好一會：「我要和你們的委託人，作直接的談判，而且，絕不能有第三者在場！」

梅希達道：「可以，但是我們絕不輕易向人發出請求，發出請求之後，也絕不收回的，希望你明白這一點。」

我只是道：「你快請他來。」

梅希達以十分優雅的步伐，向外走了出去。

我在屋中，緊張地等待着。想着我即將和一個可能是來自其他星球的人會面時，我實在是抑制不住那股奇異的感覺。

大約過了五分鐘左右，門被緩緩地推了開來，方天出現了，站在門口。

他的面色，仍然是那種異樣的蒼白。

我望着他，他也望着我，我們兩人，對望了有一分鐘之久，他才將門關上，向前慢慢地走了過來，在我的對面坐下。

我們又對望了片刻，還是我先開口，道：「方天，想不到你這樣卑鄙。」方天震動了一下，我立即道：「季子在哪裏？」

方天蒼白的面色，變得更青，道：「我為什麼要見你？我就是要向你問她的下落！」

我不禁呆了半晌，我一直以為害死佐佐木博士，帶走季子的是方天。但如今從他的情形看來，那顯然不是他了。如果不是他的話，嫌疑便轉移到了月神會的身上。因為我從博士家中出來不久，便為月神會的人所伏擊了。

我呆了半晌之後，揮了揮手，道：「這個問題，暫時不去討論它了。」方天像是想提反對，但我已經壓低了聲音：「方天，你是從哪一個星球上來的？」

我從來也未曾想到過，一句話給一個人的震動竟可以達到這一地步！

方天先是猛地一呆，接着，他的面色，竟變成了青藍色。然而，他像是離了水的魚兒一樣，急促地喘着氣，跳了起來，又坐了下去，雙眼凸出地望着我，使我感到我如同對着一個將死的人。

而這時，我看到了方天對我的這句話，震驚到這一地步，也知道我所料斷的事，雖不中亦不遠：他當真是從另一個星球來的！

這樣怪誕的事，猜想是一回事，獲得了證實，又是另一回事。

我的心中，也十分震駭，我相信我的面色也不會好看，我們兩人誰都不說話。

約莫過了一兩分鐘，我聽得方天發出一陣急促的呼聲，他在叫些什麼，我也聽不懂，只見他突然狠狠地向我撲了過來。

我身子一側，避了開去，他撲到了我所坐的那隻沙發之上，連人帶沙發，一起跌倒在地上，我向前躍出了一步，方天並不躍起身來，在地上一個翻身，他已經取出了一支小手槍指着我。

我吃了一驚，連忙道：「方天，別蠢，別——」

然而，我下面的話還未曾出口，身子便疾伏了下來。在我猛地住口，伏下身子之際，方天其實還未曾開槍，只是我從他的面上神情，肯定他會開槍，所以我才連忙伏了下來。

果然，我才伏下，一顆子彈，便呼嘯着在我的頭上掠過。我連忙着地向前滾去，滾到了一張沙發的後面，用力將那張沙發，推向前去。

在那張沙發向前拋出之際，又是兩下槍聲。

在斗室之中，槍聲聽來，格外驚心動魄，我還未曾去察看我拋出的沙發，是不是將方天砸中，已聽得「砰」地一聲響，門被撞了開來。兩個手持機槍的人，衝了進來，大聲喝道：「什麼事？」

我站了起來，首先看到，方天正好被我拋出的沙發拋中，已經跌倒在地，倚着牆在喘氣，他手中的手槍，也跌到了地上。

我沉聲道：「你們來作什麼？梅希達先生不是答應我和方先生單獨相處的麼？」

那兩人道：「可是這裏有槍聲，那是為了什麼？」

我向方天望了一眼，只見方天在微微地發抖，我道：「我和方先生發生了一些衝突，手槍走火，這不關你們的事情，你們出去吧。」

那兩人互望了一眼，退了開去，我走到門旁，將門關上又望向方天，道：

「你受傷了麼？」

方天掙扎着站了起來，又去拾那手槍，但是我的動作卻比他快，我中指一彈，彈出一枚硬幣，「錚」地一聲，彈在那支小手槍上，就在方天快要拾到那支小手槍之際，小手槍彈了開去。

方天身子彎着，並不立即站起身來，晃了兩晃，我連忙過去，將他扶住。只見他的面色，更青，更藍了。他抬起頭來望了我一眼，又立即轉過頭去，雙手掩住了臉，退後一步，坐倒在地上，喃喃地道：「完了！完了。」

我在他的身邊，來回踱了幾步，道：「方天，你以為我要害你麼？還是以為我要找你報仇呢？」

方天只是不斷地搖頭，不斷地道：「完了！完了！」

我發現他的精神，處在一種極度激昂，近乎崩潰的情形之下，我知道一時之間，也難以勸得他聽的，我只好笑了笑，道：「我走了。」

方天一聽，又直跳了起來，道：「別走。」

我歎了一口氣，道：「方天我知道你的心情，你在我們這裏，一定感到所有的人都是敵人，沒有一個人可以做你的朋友，是不是？」

方天並不出聲，只是瞪着眼望着我。

我搖了搖頭，道：「你錯了，如果在大學時代，你便了解我的為人的話，你便早已有了一個朋友了。」或許是我的語音，十分誠懇，方天面上的青色，已漸漸褪去。

他以十分遲疑的眼光望着我，道：「你？你願意做我的朋友？」

我道：「你應該相信我，至今為止，知道你真正身分的，還只有我一人，如果你願意的話，這個秘密，我可以永遠保持下去。」

方天雙手緊張地搓動着，道：「你……究竟知道了一些什麼？」

我笑道：「我知道你是來自別的星球，不是地球上高級生物——人！」

方天的身子又發起抖來，道：「你……是怎麼知道的？」

我道：「早在大學中，你血液的奇異顏色，便已經引起我的疑心了。」

方天沮喪地坐了下來。我又道：「你不知道，在日本，我是受了人家的委託來調查你的。」

方天的神情更其吃驚，道：「受什麼人的委託，調查些什麼？」

我道：「受你工作單位的委託，調查你何以在準備發射到土星去的強大火箭之中，裝置了一個單人艙——」我講到這裏，不禁猛地拍了一下自己的額角。

我其實不該問他是從哪一個星球來的。從他在準備射向土星的火箭中，裝置一個單人艙這一點看來，他毫無疑問是來自土星的了！

我抬起頭來，向方天望去，方天也正向我望來，道：「他……他們已經知道我的一切了？」

我道：「我相信不知道，他們只是奇怪，你為什麼不公開你的行動。」

方天突然趨前了一步，緊緊地握着我的手，道：「衛斯理，你要幫我的忙，你一定要幫我的忙。」

我在他的手背上拍了拍，道：「我當然會幫你忙的，但是我首先要知道你的一切。」

方天呆了片刻，道：「我們不妨先離開這裏，你要知道，我的事……我絕不想被人知道，為了掩護我的身分，我已經……盡我所能了。」

我點頭道：「不錯，你曾經幾次想殺我。」

方天的臉上，現出了一個奇怪的神情，道：「你們以為殺人是極大的罪惡，但我卻沒有那麼重的犯罪感，因為你們的壽命如此之短，早死幾年，也沒有什麼損失。」

我聽得方天這樣說法，心中不禁陡地一呆，立即想起木村信工程師的話來。

木村工程師曾說，從別的星球來的人，對時間的觀念，是以他所出生的星球，繞日一週作為一年的，方天極可能來自土星。而土星繞日的時間是地球的二十倍，那也就是說，地球上一個八十歲的老人，在他看來，只不過是四歲的小孩而已。

那麼，方天在地球上，究竟已過了多少次「地球年」了呢？我腦中又開始烘烘亂想起來，心中又生出了那股奇幻之極的感覺。

方天道：「你在這裏等我一等，我和你一齊離開這裏再說。」

我答應了一聲，方天便走了出去。

我呆呆地想了片刻，便見方天推開了門，道：「我們可以走了。」

我和他一起出了那幢屋了，並沒有撞到任何人。出了屋子一看，我仍然是在東京的市區之內。

我想起一連串奇幻的遭遇，一連串不可思議的事，總算有了眉目，心中自然不免十分高興，我相信納爾遜先生一定做夢也想不到，事情的發展結果，竟會是這樣子的。

但同時，我的心中，也十分紊亂，因為方天是從別的星球來的人，這不可能相信的事，竟是事實。這一點，實是沒有法子令得人心中不亂。

我們默默地走着，方天先開口，道：「衛斯理，我要回家去，我太想家了。一個極想回家的人，就算有時候行為過份些，也是應該被原諒的，你說是不是？」

我歎了一口氣，道：「當然，我諒解你，你是要回到——」

我講到這裏，故意停頓了一下，好讓他接上去。

方天道：「郭克夢勒司。意思是永恆的存在，也就是你們稱之為土星的那個星球。」

我吸了一口氣，道：「我早已料到了。」

方天道：「你是與眾不同的。我一到地球就發現地球人的腦電波十分弱，十分容易控制，你是例外。」

我道：「幸而我是例外。」

方天突然又握住了我的手，神經質地道：「你不會將我的事情講出去吧。」

我故意道：「就算講出去，又怕什麼？」

方天的面色，又發起青來，道：「不！不！那太可怕了，如果地球人知道我是從土星來的，那麼我非但不能回土星去，而且想充一個正常的地球人也不可能了。地球人正處在瘋狂地渴求探索太空秘密的時代中，我將不是人，而是一個供研究用的東西了。」

我拍了拍他的肩頭，道：「你放心，我不是已經答應過你，不將秘密泄露出去的麼？」

方天歎了一口氣，我們又默默地向前，走了一段路，已來到了一座公園的門口。公園中的人並不多，我向內一指，道：「我們進去談談可好？」

第十六部

土星人的來歷大明

方天點了點頭，我們一齊走進公園，在一張長凳上坐了下來。

在這裏談話，是最不怕被人偷聽的了。我先將那本記事簿，和方天稱之為「錄音機」的，那排筆也似的東西，還了給他。

方天在那一排管子上，略按一按，那奇怪的調子，響了起來，他面上現出了十分迷惘的神色。我想要在他身上知道的事實太多了，以致一時之間，我竟想不起要怎樣問他才好。

又呆了片刻，我才打開了話題，道：「你來了有多久了？」

方天道：「二十多年了。」

我提醒他道：「是地球年麼？」

方天搖了搖頭，道：「不，是土星年。」

我又不由自主吸了一口氣，方天，這個土星人，他在地球上，已經生活了兩百多年了！在他剛到地球的時候，美國還沒有開國，中國還在乾隆皇帝的時代，這實是不可想像的事情。

我覺得我實在難以向他發問下去了。讀者諸君不妨想一想，我該問他什麼好呢？難道我問他，乾隆皇帝下江南時，是不是曾幾次遇難？難道我問他，華盛頓是不是真的砍斷過一株櫻桃樹？

如果我真的這樣問出口的話，我自己也會感到自己是一個瘋子了。

但是，眼前的事實確是：這種瘋子的問題，對方天來說，並不是發瘋，而是十分正常的，因為他的確在地球上生活了二百多年！

我呆了好半晌，才勉強地笑了一笑，道：「你們那裏好麼？」

方天的神情，活躍了一些，道：「好，家鄉自然是好的，你說是麼？」

在方天提到「家鄉」之際，那種迫切的懷念的神情，令人十分同情，要知道，他口中的「家鄉」，和我們口中的「家鄉」，有着不同的意義。

當我們遠離家鄉的時候，不論離得多遠，始終還是在地球上。但是方天卻是從一個天體，到另一個天體！這種對家鄉懷念的強烈的情緒，我無法體驗得到，除非我身已不在地球上，而到了土星之上。

方天歎了一口氣，道：「我離開自己的星球已經太久了，不知道那裏究竟發生了什麼變化？」

我呆呆地望着他，他伸手放在我的手臂之上，十分懇切地道：「我到了地球之後，什麼都不想，只想回去，我唯恐我終無機會回去，而老死在地球，你知道，當我剛來的時候，地球上的落後，曾使我絕望得幾乎自殺，當時，我的確未曾想到地球人的科學進步，如此神速，竟使我有可能回家了。」

我道：「你的意思是，你將乘坐那枚火箭到土星去麼？」

方天道：「是的，我確信我可以到達土星，如果不是地球的自轉已經變慢的話。」

我愕然道：「地球的自轉變慢？」

方天道：「近十年來，地球的自轉，每一轉慢了零點零零八秒，也就是千分之八秒。這麼短的時間，對地球人來說，自然一點也不發生影響，但是這將使我的火箭，不能停留在土星的光環之上，而只能在土星之旁擦過，向不可測的外太空飛去！」

我聽得手心微微出汗，道：「那麼，你有法子使地球的自轉恢復正常麼？」

方天道：「我當然沒有那麼大的能力，但如果我能夠得回那具太陽系飛行導向儀的話，我就可以校正誤差，順利地回到土星去了。」

我伸了伸手臂，道：「這具導向儀，便是如今被裝在那硬金屬箱子的物事麼？」

方天道：「不錯，就是那東西。衛斯理，我就快成功了。但如果你將我的身分暴露出來，那麼，我一定成為你們地球人研究的對象，說不定你們的醫生，會將我活生生地剖解，至少，這……便是我不斷以強烈的腦電波，去影響發現我血液秘密的人，使他們想自殺的緣故。」

我凝視着他，道：「佐佐木博士也在其列麼？」

方天大聲叫了起來，道：「佐佐木之死，和我完全無關。」

我道：「季子呢？」

方天立即叫道：「剛才你說我沒有朋友，這也是不對的，季子便是我的好朋友，如果我不是確知她平安無事，我是不會回去的。」

我點頭道：「你放心，我必將努力查出殺害博士的兇手，和找出季子的下落，我相信事情，多半和月神會有關係。」

方天只是茫然地道：「她是一個好孩子，在土星也不易多見。」

我心中不知有多少話要問他，想了片刻，我又道：「那麼，你們究竟是怎麼來的？」

方天苦笑了一下，道：「我們的目的地，根本不是地球，而是太陽。」

我吃了一驚，道：「太陽？」

方天道：「是的，我們的太空船，樣子像一隻大橄欖，在太空船外，包着厚厚的一層抗熱金屬，可以耐……一萬八千度以上的高溫，這就使我們可以在太陽的表面降落，通過一連串的雷達設備，直接觀察太陽表面的情形。」

我聽得如癡如呆。向太陽發射太空船，而且太空船中還有着人，這是地球人想都不敢想的事情！但土星人卻已在做了。

我立即道：「那你怎麼又來到了地球上的呢？」

方天苦笑道：「在地球上空，我們的太空船，受到了一枚大得出乎意料之外的隕星的撞擊，以致失靈，我和我的同伴，一齊降落下來，而太空船則在太空爆炸。」

我幾乎直跳起來，道：「你的同伴？你是說，還有一個土星人在地球上？」

方天道：「如果他還沒有死的話，我想應該是的。那太陽系太空飛行的導向儀，就是他帶着的，但是我一着陸便和他失去了聯絡，直到最近，我才知道那導向儀落在日本，成為井上家族祖傳的遺物。」

我吸了一口氣，道：「你們能飛麼？」

方天道：「我們土星人，除了血液顏色和地球人不同之外，其餘完全一樣，當然不能飛，但是當我初降落地球之際，我們身上的飛行衣燃料，還沒有用完，卻可以使我們在空中任意飛翔。」

我「噢」地一聲，道：「我明白了。」

方天道：「你明白了什麼？」

我苦笑了一下，道：「你那位同伴，帶着那具導向儀，是降落在日本北部一個沿海的漁村中。」

方天道：「我則降落在巴西的一個斷崖平原之上。你怎麼知道他是降落在日本的？」

我道：「我是在猜測。你的夥伴自天而降之際，一定已經受了什麼傷害，他被幾個漁民發現了，在發現他的漁民之中，有井上兄弟在內。你的同伴大約自知不能和你聯絡了，於是他將那具導向儀交給井上兄弟中的一個人，囑他等候另一個天外來人來取。」

方天呆呆地望着我，顯然不知我是何所據而云然的。

我這時也不及向他作詳細的解釋，又繼續道：「他可能還教了他的委託人，一個簡易的致富之法——」

我講到這裏，方天便點了點頭，道：「不錯。」

這時，輪到我詫異了，我道：「你怎麼知道的？」

方天笑道：「你們這裏認為是最珍貴的金屬黃金，是可以和用曬鹽差不多的方法，從海水中直接取得的，只要用一種你們所不知的化合物作為觸媒劑的話。」

我連忙搖手道：「你別向我說出那觸媒劑的化學成分來。」

方天道：「在我臨走之前，我會寄給你一封信，將這個化學合成物的方式寫給你，你將可以成為地球上擁有黃金最多的人。」

我搖着頭，續道：「但是其餘的幾個人，卻十分迷信，他們大約平常的生活很苦，便懇求你的夥伴將他們帶到天上去，當然你的夥伴沒有答應，但是我卻深信他自己則飛向天上去了。」

方天的神色，十分黯然，道：「正是如此，他一定自知活不長了，便利用飛行衣中的燃料，重又飛到太空中去了，他死在太空，屍體永遠繞着地球的軌跡而旋轉，也不會腐爛。可憐的別勒阿茲金，他一定希望我有朝一日，回到土星去的時候，將他的屍體，帶回土星去的！我一定要做到這一點。」

我沉聲續道：「你的夥伴，我相信他的名字是別勒阿茲金？」

方天點了點頭，道：「是。」

我又道：「那幾個漁民，目擊他飛向天空，和自天而來，他們深信他是從月亮來的，於是他們便創立了月神會。發展到如今，月神會已擁有數十萬會員，成為日本最大的邪教了。」

方天呆呆地望着我。

我苦笑了一下，道：「不久之前，月神會還以為我是你，是他們創立人所曾見到的自天而降的人的同伴，所以將我捉去了，要我在他們信徒的大集會中，表演一次飛行！」

方天的面色，不禁一變，道：「他們……如果真的找到了我，那……怎麼辦？我早已將那件飛行衣丟棄了，怎麼還能飛？」

我想了片刻，道：「你若是接受我的勸告的話，還是快些回到你工作的地方去吧。」

方天道：「我也早有這個打算了，只要尋出了那具導向儀，我立即就走。」

我道：「如果你真正的身分，可以讓更多一些人知道的話，那麼你可以更順利些。」

方天雙手連搖，道：「不，不，只有你一個人可以知道，絕不能有第二個了。」

我聳了聳肩，道：「那你準備用什麼方法，割開那隻硬金屬箱子呢？」

方天歎了一口氣，道：「我就是因為想不出來，所以才耽擱了下來。」

我緊皺着雙眉，想了片刻道：「我倒有一個辦法了——可以仍然委託那家焊接硬金屬箱的工廠，將之切割開來。箱子中的導向儀你拿去，那隻箱子，照樣焊接起來，我還有用。」

方天道：「行麼？」

我拍了拍他的肩頭，道：「你盡可放心，將這件事交給我來辦。」

方天道：「那隻箱子在梅希達處，我立時去提出來。」

我道：「好，事不宜遲了。」

方天站了起來，我們兩人，一齊向公園外走去。我一面走，一面仔細地望着方天，從外形來看，除了面色帶青之外，他實在和我們地球上的人，絕無分別。

我又好奇地問道：「土星上還有國家麼？」

方天道：「自然有的，一共有七個國家，而且情形比地球上還要複雜，七個國家之間，都存在着敵對的態度，誰都想消滅誰。但也正因為如此，反倒一直沒有戰爭。」

方天道：「因為哪兩個國家一發生戰爭，其餘五國，一定聯手來瓜分這兩個國家了！沒有戰爭，所以我們的科學家，才遠遠地走在你們的前頭。」

我歎了一口氣，道：「你在地球上，是不是看到太多的戰爭了？」

方天點頭道：「自然，因為我的外形像中國人，所以我一直停留在中國。也因為我未曾見過戰爭，我總是盡可能地接近戰場，我見過的戰爭，實在太多了。」

這時，我們已走出了公園，我聽得方天如此說法，忍不住停了下來，聲音也幾乎在發顫，道：「你可知道，你所見過的那些……戰爭，大都已是記載在歷史教科書中的了？」

方天道：「自然知道，如果一個研究近代中國戰爭史的人和我詳談，我相信他一定會發現他所研究的全是一些虛假的記載。」

我對他的話，感到了極大的興趣，道：「你能舉個例麼？」

方天笑道：「你們的歷史學家，對於太平天國名將，翼王石達開的下落，便語焉不詳，但石達開臨死之際，卻是握着我的手，講出了他最後的遺言的。」

我心中在叫道：「瘋子，你這癲人。」然而我卻不得不問道：「石達開，他……向你說了什麼？」

方天道：「他說，那是一場夢，夢做完，就醒了，他說，許多人都做了一場夢。他又說，他是怎樣進入那一場夢的都不知道，一切都太不可測了……我相信他這樣說，另有用意，可是我卻並沒有深究，一場夢，這種形容詞，不是很特別麼？」

我吞了一口口水道：「那是在什麼地方？」

方天道：「在四川油江口的一座廟中。」

我呆了半晌，道：「你能將你在地球上那麼多年的所見所聞，全都講給我聽聽麼？」

方天道：「要講只怕沒有時間了，我一直記載着地球所發生的事，準備回去時，向我的星球上的人民發表的，我可以留給你一本副本。但是我用的卻是我們的文字——那是一種很簡易易懂的文字，我相信你在極短的時間中，就可以看懂的。」

我連忙道：「好，我十分謝謝你。」

方天道：「在我離開地球之前，我一定連同我們文字的構成，學習的方法，一齊寄給你，還有海水化黃金的那種觸媒劑的化學合成法，我也一齊給你，作為我一個小小的禮物。」

我笑了笑，道：「那倒不必了，一個人黃金太多了，結果黃金便成了他的棺材和墳墓，這是屢見不鮮的事情了。」

方天沒有再表示什麼，又繼續向前走去，過了一會，才道：「你真的不講給人聽？」

我道：「自然是，你大可不必擔心。」

方天歎了一口氣，道：「我擔心了二十年了！」

我糾正他，道：「在這裏，你該說一百八十年了——」

我望着他，道：「你可知道，木村信工程師曾向我說及他的理論，想不到他是正確的，他說你雖然在地球上，但仍以土星的時間生活着。」

方天面色一變，道：「這……這是什麼意思，他……他也知道我麼？」

我忙解釋道：「不是，他只不過是解釋這一種時間的觀念而已。」

方天皺起了眉頭，道：「這是什麼樣的一個人？」

我道：「就是我們去要他剖開那金屬箱子的人。」

方天道：「不，不要他幫忙，我生命所繫的太陽系導向儀不能給他看到。要知道那儀器許多部份，都不是地球上所能製造的。」

我笑道：「你根本沒有法子懷疑木村信的，因為井上次雄就是將這具導向儀交給他，而放入那硬金屬箱子中的。」

方天聽了我的話，突然一呆。

我本來是和他一齊，在急步向前走去的，他突然一停，我便向前多衝出了兩步。

等我轉過身來之際，方天仍然站着不動，雙眉緊鎖，不知在想些什麼。

我走到了他的身邊，道：「你怎麼了？你怎麼了？」

可是方天卻並不回答我，而他的面色，則在漸漸發青，我感到事情有什麼不對頭的地方，伸手在他的肩頭上拍了拍。

可是，他卻不等我開口，便一反手，將我的手緊緊的抓住。他抓得我如此之緊，像是一個在大海波濤翻滾中，將要溺死的人抓住了救生圈一樣，我連忙道：「什麼事？」

他講了一句我聽不懂的話。

我跺着腳道：「喂，你別講土星話好麼？」

方天喘着氣，道：「木村信在哪裏？快，我們快去見他。」

我道：「他的工廠是開夜工的，我們現在去，就可以見到他的。」

方天鬆開了我的手，急得團團亂轉，道：「快！快！可有什麼法子麼？」

我心知他突然之際，焦急成這副模樣，一定是有道理的，我問他道：「究竟是為了什麼？」

方天卻又重複地講了兩遍我聽不懂的那句話。

我氣起來，幾乎想打他兩巴掌，但他卻急得面色發青得近乎藍色了。

我搖了搖頭，道：「你要快些到他的工廠去麼？」

方天連忙道：「是！是！」

老實説，如果我不是聽到有一陣摩托車聲，向我們所在的方向駛來的話，我也想不到有什麼主意，可以立即趕到木村信的工廠去的。

那一陣摩托車聲，一聽便知道是一輛品質低劣的摩托車，而在開足了馬力行駛，那一定是一個阿飛在騎着車子。

各地的阿飛都是差不多的，他們不學無術，自然不會有錢買好車子，於是就只好騎着劣等車子，放屁似地招搖過市，還自以為榮。

我閃身站在馬路中心，這條公園旁邊的路，十分僻靜，並沒有行人，我才一站在路中，摩托車車頭的燈光，便已向前射了過來。方天吃驚地叫道：「你想作什麼？」

我也叫道：「用這輛車子到木村信的工廠去！」

我才講了一句話，那輛摩托車已疾衝到了我面前的不遠處，顯然絕無停車之意。

我的估計沒有錯，車上是一個奇裝異服的阿飛，但在尾座上還有一個，一共是兩個。我在車子向我疾衝而來之際，向旁一閃。

接着，那輛摩托車便已在我的身旁擦過，我雙臂一振，一齊向前抓出，已將那兩個阿飛抓了起來，那輛車子還在向前衝去，我急叫道：「快扶住車子！」

方天向前奔去，將車子扶住，我雙手一併，向那個阿飛的頭「砰」地碰在一起，他們連罵人的話都未曾出口，便被我撞昏了過去。

我將他們抱到了路邊，方天已坐在車上，道：「快，坐在我的後面。」

我忙道：「由我來駕車。」

方天道：「不，我來。」

我一把按住了他的肩頭道：「不，你的情緒不正常，在路上會出事的！」

方天急道：「要快，要快，你不知道事情糟到了什麼地步。」

我一面跨上車子，一面又問道：「究竟是什麼事？」

方天給了我回答，可是仍然是那句聽不懂的話，七八個莫名其妙的字音，實不能使我了解發生的事。方天坐到了我的後面，又道：「一時間也說不清，你快去吧。」

我腳一縮，車子如箭也似向前飛了開去。我盡我所知，揀交通不擁擠的地方駛去，但仍然花了大半個小時，才到了工廠門口。

方天在一路上，急得幾乎發瘋了，我好幾次向他探詢，究竟是在突然之間，他想到了什麼事情，才這樣發急起來的。

而方天則已近乎語無倫次，我一點也得不到正確的回答，而我則想來想去，不得要領，因為木村信實在是沒有可以懷疑的地方。

好不容易車子到了工廠面前，方天躍下車來，拉着我的手就向廠中跑，工廠傳達室的人曾經見過我一次的，所以並不阻攔我們，倒省去了不少麻煩。我們來到了工廠辦公室大廈的門口，方天才喘了一口氣，道：「衛斯理，小心些。」

我仍是不明白他所指何事，道：「小心什麼？木村信不是一個危險人物啊？」

方天的回答，使得我以為他是在發夢囈，他道：「木村信本人當然不是危險人物，他早已死了，如今極其危險的是他腦中思想！」

這是什麼話？方天的神經一定大不正常了。

我還想進一步地向他問一些什麼，但是他卻又喘起氣來，道：「我又感到了，我又感到了，可怕！可怕！」

我知道方天的腦電波比較地球人的腦電波強烈得多，他可以自己的思想，去影響別人的思想，那當然也可以多少知道一些人家的思想，看他那樣的情形，一定事出有因的。

我向他望了一眼，他也向我望了一眼，喃喃道：「想不到，真想不到！」他的語音之沮喪，當真使人有世界末日之感，不禁令我毛髮直豎。

我不知道他在忽然之間想到了一些什麼，但事情的焦點則在木村信的身上，因為是我提到了木村信對不同天體的不同時間觀念之後，方天才突然發狂來的。

所以我想，只要方天見到了木村信，那麼，他的神經激動的現象，應該可以平復下來了。

我不再向他多說什麼，只是拉着他的手，向升降機走去，上了升降機，不一會，我們便已在「總工程師室」門口，停了下來。

我向方天看去，只見方天的面色，更是發青。他突然從身上取出兩張十分薄，幾乎看不見有什麼東西似的網來，交了一張給我，道：「罩在頭上。」

我奇道：「這是什麼玩意兒？」

方天道：「別管，這是土星人類百年來拼命研究才發明的東西，我想不到地球上也會用到它！」

他一面說，一面自己罩上了那張網，那張網一罩到他的頭上，立即將他的頭的上半部，緊緊地罩住，鼻孔之下，則還露在外面，網本是透明的，一貼緊了皮膚，什麼也看不出來。我也如法而為，只覺得那張網箍在我的頭上，緊得出奇。而且那張網，像是通上了電流一樣，使我頭上，有微微發麻的感覺。

方天又道：「你盡量不要出聲，由我來應付他。」

第十七部

地球人的大危機

我舉手敲門，木村信的聲音，傳了出來，道：「誰啊？」

我道：「我，衛斯理。」

我一面和木村信隔門對答，一面向方天望去，只見方天的面色，像是一個蹩腳偵探，將要衝進賊巢一樣，又緊張，又可笑。

木村信道：「請進來。」

我一旋門柄，推開了門，只見木村信坐在桌旁，正在翻閱文件，我道：「木村先生，我帶了一個朋友來見你。」

木村信抬起頭來，道：「是麼——」

他才講了兩個字，我便覺出方天在我背後，突然跨前了一步，並且，粗暴地將我推開。我向他看去，只見他面色藍得像原子筆筆油一樣，望着木村信。

而木村信也呆若木雞地望着他。

他們兩人，以這樣的神態對望着，使我覺得事情大是有異，如果不是兩個事先相識的人，是絕不會第一次見面時，便這樣對望着。

我忍不住道：「你們……」

可是，我只講了兩個字，方天便已經向木村信講了一連串的話來。

那一連串的話，全是我聽不懂的，那時候，我心中真正地駭然了！

方天向木村信講土星的語言，那麼，難道他也是土星上來的麼？這的確令人驚異之極。但木村信的臉色，卻並不發藍，和方天又不一樣。

那麼，木村信究竟是什麼「東西」呢？

我的心中，充滿了疑惑，望了望木村信，又望了望方天。只見方天不斷地大聲責罵着，他在講些什麼，我一點也聽不懂。

但是我從方天的神態中，可以看出方天正是毫不留情，以十分激烈的言語，在痛罵着木村信。

我不知事實的真相究竟如何，但是我卻怕方天再這樣罵下去，得罪了木村信，事情總是十分不妙。

因此，我踏前一步，想勸勸方天，不要再這樣對待木村信。

然而，我才向前踏出了一步，便看出木村信的情形，大是不對，只見他身子搖搖欲墜，像是要向下倒去，終於坐倒在椅子上，接着，只見他面上陡地變色。

就在剎間，我覺出似乎有什麼東西在我的額上，連撞了幾下。那是一種十分玄妙的感覺，事實上我的額角上既不痛，也不癢，可以說是一點感覺也沒有，但是我卻覺得似乎有什麼東西，想鑽進我的腦子來，那情形和我在北海道，和方天在大雪之中，面對面地僵持着，方天竭力地要以他強烈的腦電波，侵入我的腦中之際，差不許多。

只見方天立即轉過身，向我望來。而我的那種感覺，也立即消失，方天又轉向窗外，歎了一口氣，道：「他走了！他走了！我必須先對付他，必須先對付他！」

方天將每一句話都重複地說上兩遍，可見他的心中，實在是緊張到了極點。我歎了一口氣，方天一定是在發神經病了，想不到土星上的高級生物，也會發神經病的。這間房間中，一共只有三個人，他、我和木村信，如今三個人都在，他卻怪叫「他走了」，走的是誰？

我正想責斥地，可是我一眼向木村信望去，卻不禁吃了一驚，只見木村信臉色發青，看那情形分明已經死去了，我連忙向前走去，一探他的鼻息，果然氣息全無，而且身子也發冷了。

我立即轉過頭來，向方天望去，我心知其中定有我所不知道的古怪在，我的目光十分淩厲，但方天的神色，卻十分沮喪。

只見他攤了攤手，向木村信指了指，道：「他早已死了。」

我不禁勃然大怒，厲聲道：「你這魔鬼，你以什麼方法弄死了他？你有什麼權利，可以在地球上隨便殺人？」

我一面怒吼，一面向他逼近了過去。

方天連連後退，直到背靠住了牆壁，退無可退之際，才叫道：「他早已死了，他是早已死了的！」

我一伸手，抓住了他胸口的衣服，幾乎將他整個人都提了起來，喝道：「他死了，那麼，剛才和你講話的人是誰？」

方天的面色，藍得可怕，道：「那不是他，是——」他在「是」字之下，是那句我聽了許多遍的話，音語詰屈聱牙，硬要寫成五個字音，乃是「獲殼依毒間」。那究竟是什麼玩意兒，除了方天之外，怕只有天才曉得了。

我又問道：「那是什麼？」

方天道：「那……不是什麼。」

我愈來愈怒，道：「你究竟在搗什麼鬼？我告訴你，若是你不好好地講了出來，你所犯的罪行，我一定要你補償的！」

方天的面上，頓時如同潑瀉了藍墨水一樣！

他幾乎是在嗚咽着道：「你……不能怪我的，地球上的語音，不能表達『獲殼依毒間』究竟是什麼？」

我看他的神情，絕不像是在裝瘋作癲，而且，看這情形，他自己也像是受了極大的打擊。我呆望了他半分鐘，道：「你總得和我詳細的解釋一下。」

他點了點頭，道：「在這裏？」

我向已死了的木村信看上了一眼，也覺得再在這個工廠中耽下去，十分不妥，因為只要一有人發現了木村信的死亡，我和方天兩人，都脱不了關係。

而眼前發生的事，實在如同夢境一樣，幾乎令人懷疑那不是事實，如果我和方天兩人，落在日本警方手中，謀殺木村信的罪名，是一定難以逃得脫的了。

我退到門旁，拉開門一看，走廊上並沒有人，我向方天招了招手，我們兩人一齊豎起了大衣領子，向升降機走去。

我們剛一到升降機門口，便看到升降機中，走出一個拿着一大疊文件的女職員，向木村信的辦公室走去。那女職員還十分奇怪地向我和方天兩人，望了一眼，那大致是我們兩人是陌生人，而方天的面上，又泛着出奇的藍色的緣故。

我知道事情不妙了，連忙拉着方天，踏進了升降機。升降機向下落去之際，我和方天兩人，都清晰地聽到了那位女士的尖叫之聲。

方天的面色更藍了，我則安慰他，道：「不怕，我們可以及時脫身的。」

方天歎着氣，並不出聲，要命的升降機，好像特別慢，好不容易到了樓下，為了避免人起疑，我們又不能快步地跑出，只能盡快地走着，幸而出了工廠的大門，那輛摩托車還在。

我們兩人一齊上了車，我打着了火，車子向外衝了出去，衝過了幾條街，已經聽得警車的「嗚嗚」聲，向工廠方面傳了過去。

我鬆了一口氣，如今，我只能求暫時的脱身了。至於傳達室的工作人員和那女職員，可能認出我們，這件事，我們已沒有擔心的餘地了！

車子一直向前駛着，方天的聲音中仍含有十分恐怖的意味，道：「我們到哪裏去？」

我反問道：「你説呢？」

方天喘了一口氣，道：「佐佐木博士，你説佐佐木博士是怎麼死的，他身上有沒有傷痕？」

我道：「有，佐佐木博士是被兇徒殺死的。」

方天「噢」地一聲，道：「那和『獲殼依毒間』無關。」

我緊盯着問道：「你那句話，究竟是什麼意思？」

方天道：「我們能找一個靜一些的地方，仔細地向你談一談麼？」

我想了一想，道：「佐佐木博士死了，他的女兒失蹤了，他家空着，我們上他家去吧。」

方天窒了半晌，才歎了一口氣，道：「也好。」

我將摩托車轉了一個彎，向佐佐木博士的家中，直駛而去，不到半小時，已經到了他家的門口，我想及上一次來的時候，佐佐木博士因為季子和方天之間的事，求助於我。

然而，事情未及等我插手，便已經急轉直下，佐佐木博士為人所殺，季子失了蹤，我在博士生前，有負他所托，他不幸死了，季子的安全，是我一定要負責偵查的。我在博士的住宅門口，一面跨下車來，一面暗暗地下定了決心。

花園的鐵門鎖着，還有警方的封條，顯然警方曾檢查過的現象。

我探頭向園子內望了一望，一片漆黑，絕不像還有警員在留駐的模樣。

我躍進了圍牆，又將方天拉了進來。

我們並不向正屋走去，而來到了我作「園丁」時所住的那間小石屋。為了怕引人注目，我弄開了鎖後，和方天兩人走了進去，並不着燈。

石屋內一片漆黑，我摸到了一張椅子，給方天坐，自己則在牀沿坐了下來。我鬆了一口氣，道：「你可以詳細說一說。」

可是方天卻並不出聲，我又催了一遍，他仍是不出聲。在黑暗中，我看不出他在作什麼，但我卻隱隱聽到了他的抽噎聲。

我沉聲道：「我不知道你為什麼哭，但是在地球上，不論發生了什麼事，男子漢大丈夫，是不作興哭的。」

方天又沉默了半晌，道：「就是在這裏，季子曾經吻過我。」

我呆了一呆，道：「你不必難過，我相信擄走季子的人，一定是懷有某一種目的，他們一定不會怎樣難為季子的。」

事實上，擄走季子的人，是不是會難為季子，連我也沒有把握。但是在如今這樣的情形下，我卻不能不這樣勸方天。

方天歎了一口氣，道：「衛斯理，地球人的心目中，來自其他星球的人，一定是科學怪人，神通廣大，法力無邊，但事實上，我卻比你們軟弱得多。」

我忙道：「你不必再說這些了，且說說那句話，究竟是什麼意思？」

我和方天，是以純正的中國國語交談的，正當我講完那句話之際，忽然，在屋角，最黑暗的地方，傳來了一個生硬的國語口音，道：「你那麼多日不見我，又是什麼意思？」

我一聽那句話，便知道是納爾遜先生所發出來的，因此並不吃驚。

可是方天一聽得屋中發出了第三者的聲音，卻疾跳了起來，向外便逃，我疾欠身，伸手將他拉住，道：「別走，自己人。」

我的話才說完，「拍」的一聲，電燈已着了。

納爾遜先生正笑嘻嘻地站在我的面前，我一面拉着方天，不讓他掙扎着逃走，一面道：「你出了醫院之後，到哪裏去了？」

納爾遜伸了伸雙臂，道：「活動，我一直在活動着！這位先生，大約便是着名的太空科學家海文•方先生了。」

方天十分勉強地點了點頭，卻望着我，我腦中感到了他在向我不斷地發問，那是誰？那是誰？

我並沒有開口，但是卻想着回答他：「那是我最好的朋友，國際警察的高級幹員，雖然如此，我也絕不會向他透露你的秘密的。」

方天的臉色，突然緩和了下來。

天曉得，我絕未開口，但方天卻顯然已經知道我的思想了，由此可見，土星人不但有着比地球人強烈許多倍的腦電波，而且還能截取地球人的腦電波，不必交談，就可以明白地球人的思想！

我向納爾遜先生笑了笑，道：「你自然是在活動，但你的成績是什麼？」納爾遜先生笑道：「你這樣問我，那麼，你幾天來一定是大有收穫了？」我道：「不錯，抱歉得很，有許多事，我不能向你說。」納爾遜先生攤了攤手，作出了一個十分遺憾的姿態來，道：「我的卻可以毫無保留地向你說，我已經知道在我們手中搶走箱子的是什麼人了。」我道：「我也知道了。」我一面說，一面心中對納爾遜先生十分佩服。他是用什麼方法知道的，我不知道。但是「七君子黨」行事何等縝密，他能夠在那麼短的時間中偵知，自然是了不起的本領。他向我笑了一笑，道：「七。」我接上去道：「君子。」

納爾遜的大手在我肩上拍了一拍，道：「搶回去的東西，也取回來了。」我幾乎不能相信，只是以懷疑的目光望着地。方天也已經聽我說起那隻硬金屬箱子曾到過我和納爾遜先生手中一事。他連忙焦急地問：「在哪裏？在哪裏？」

納爾遜先生道：「保管得很好，大約再也沒有什麼人可以搶去的。」

方天欲言又止，面上的神情，十分惶急。我試探着納爾遜先生的口氣，道：「那你準備怎樣處理這隻箱子呢？」

納爾遜先生的態度，忽然變得十分嚴峻，道：「這是國際警方的東西，你為什麼要過問？」

我一聽得納爾遜先生的語氣，嚴厲到這種地步，心中不禁一呆。但是我立即就知道他的意思了。

我回過頭去，向納爾遜先生作了一個鬼臉，又轉頭向方天，向他攤了攤手，表示無可奈何。

我是猜到了納爾遜的心意，他不滿意方天有事在瞞着他，所以才特意這樣激他一激的。我也感到，如果不讓納爾遜先生知道所有事情的真相的話，對於以後事情的進行，一定會有許多阻難。

所以，我也向方天施加「壓力」。

方天抹着額上的汗，道：「這……這是非要不可的……應該給回我的。」

納爾遜先生的語音，更其嚴厲，道：「方先生，你和國際警方的敵人，七君子黨合作，我們看在你科學上的成就份上，可以不加追問，但是你想硬要國際警方的東西，那就——」

他講到這裏，並沒有再講下去，表示一點商量的餘地也沒有。

方天更加焦急了，他求助地望着我，我歎了一口氣，道：「方天，我老實和你說，納爾遜是我的最好的朋友，如果你想向他保持秘密的話，那是最吃虧的事情，你看，你要的東西，就取不到了。」

方天哀求道：「你不能設法麼？」

我道：「如果是在七君子黨的手中，我自然可以取得回來的。但是在國際警方的手中，你說叫我用什麼方法取回來？」

方天急得團團亂轉，道：「你的意思是——」

我斬釘截鐵地道：「將什麼都講給他聽。」

方天失聲道：「不能！」

我道：「我曾經答應過幫助你，但是你不肯聽我的話，我有什麼法子？」

方天呆了一呆，突然「哈哈」大笑起來。他在這種時候發出了大笑，當然是十分反常的，但是他為什麼笑，我卻莫名其妙。

我和納爾遜先生互望了一眼，我暗示他不要出聲，由我來向方天繼續施加壓力，我想了一想，道：「方天，這是唯一的辦法了。」

方天停住了笑聲，道：「不！不！你覺得他是絕對可靠的人，將秘密講給他聽，是不要緊的，他又會覺得另外有人是可靠的，這樣下去，我的秘密，又何成其為秘密呢？」

方天的話，不能說沒有道理，我一時之間也想不出話去回答他。

方天又笑了起來，一面笑，一面道：「你們和我為難，絕沒有好處。」

我聽出方天的話中有因，忙追問道：「為什麼？」

方天向納爾遜先生一指，道：「剛才若不是這個人出現，我已經向你說明了，地球上的人類已經面臨了一個空前的危機，你們不知道，除了我一個人之外，沒有人知道這個危機，更沒有人知道如何應付這個危機的方法！」

我心中迅速地想着。方天剛才在說的，一定是那句古怪的話所代表的事了。

那究竟是什麼事呢？方天是在虛言恫嚇麼？看來並不像。我一時之間，更是無話可說。

方天續道：「我會遇到什麼損失，你是知道的，就算我一輩子回不了家，也沒有什麼大不了，但是你們，哈哈，木村信將成為你們的榜樣！」

他提到了木村信，那更使我吃了一驚。

木村信死得那樣離奇，方天對木村信的態度，又是那樣地奇幻。這一切，全都不能不使我心驚，不能不使我相信方天必有所指！

我向前走出了一步，拍了拍方天的肩頭，道：「你放心，我為你設法。」

方天道：「如果你幫我的話，我也幫你，幫你們。」

我點了點頭，回過頭來，道：「納爾遜先生，你是不是能一切都相信我？」

我本來是和納爾遜先生合作向方天施加「壓力」的，但忽然之間，我卻改變了態度，納爾遜先生是何等機靈的人。他立即知道一定事出有因，他向我眨了眨眼睛。那顯然是在問我：有這個必要麼？

我點了點頭，點得很沉重，以表示我的意見的堅決。納爾遜先生道：「我要怎樣信你呢？」

我道：「你一切都不要過問，而我要你做的事，你都要答應。」

納爾遜先生歎了一口氣，道：「這是一個很苛刻的要求，你為什麼這樣呢？我們不是已經合作了很多年了麼？」

我也苦笑了一下，道：「我不得不如此，因為我已經先你而答應了一個最需要幫助的人了。」

納爾遜先生踱來踱去，並不出聲。

方天站在一旁，焦急地搓着手，納爾遜先生考慮了大約十分鐘之久，才抬起頭來，道：「好！」

他這一個「好」字出口，不但方天舒了一口氣，連我也大大地舒了一口氣。

納爾遜先生的態度，立即又活躍了起來，道：「那麼，你先要我做什麼呢？」

我道：「很簡單，將那隻硬金屬箱子交給我們，箱中的東西方天要，箱子照原樣焊接起來，我要向某國大使館作交代。」

納爾遜先生說：「可以的，你們跟我來。」

他一面說，一面向外跨了出去。我和方天，跟在他的後面，方天向我點了點頭，他面上的神色，向我表示了極度的信任和感激。

我們出了那小屋子，納爾遜先生打了一個唿哨，黑暗之中，立時有七八個人竄了出來。

我心中不禁暗叫慚愧，這七八個人，自然是早已埋伏了的。而我剛才和方天兩人進來的時候，還以為一個人也沒有哩！

我們跟着納爾遜先生，來到了門口，一輛汽車早已駛了過來。我在踏上汽車之際，道：「你對佐佐木博士之死，和他女兒的失蹤，可有發現麼？」

納爾遜先生的濃眉，突然一皺道：「有一點。」

我連忙道：「是哪一方面下手的？」

納爾遜先生四面一看，道：「上了車再說。」

納爾遜先生絕不是大驚小怪的人，他這樣子緊張，自然必有原因。我不再出聲，上了車之後，納爾遜先生才道：「我疑心是月神會所幹的事。」

我連忙道：「我也疑心是。」

納爾遜先生連忙轉過頭來，道：「為什麼你也會以為是？」我將我在室外遇伏，被弄到月神會的總部，又冒險逃了出來的經過，向納爾遜說了一遍。

納爾遜先生歎了一口氣，道：「如果我們要和月神會作對的話，衛斯理，那我們的力量，實在是太單薄了。」

我道：「日本警方呢？」

納爾遜歎了一口氣，道：「月神會對日本警方的控制，比日本政府更來得有效！」

這是我早已料到的事，月神會能夠這樣橫行無忌，這難道是偶然的事麼？我向方天望了一眼，道：「但是季子必須要救出來。」

納爾遜先生道：「自然！自然！」

他一面說，一面陷入了沉思之中。

車子在寂靜的馬路上駛着，不一會，便在一所普通的平房面前，停了下來。

納爾遜先生向那座房子一指，道：「這是國際警方的另一個站，房子下面有着完善的地窖設備，負責人十分忠貞，絕不會再給七君子收買的。」說着，我們走了進去，納爾遜帶着我直走向地窖，才一進去，我和他都呆住了，地窖裏至少有六個人，但全是死人，全是納爾遜的部下！這是誰幹的？七君子黨？

納爾遜當時首先想到七君子黨，因為他從七君子黨那裏，奪回了那隻箱子。但是，他聽我一說之後，立即想到自己直覺的想法，並不正確。

他呆了一呆，道：「不對，我和梅希達是在和平的情形下分手的，他還答應將這件事移給我辦，而他則離開日本的。」

我點了點頭，道：「我和梅希達不熟，但是我想，他既答應離開日本，這事就絕不會是他做的了。」

納爾遜自言自語道：「那是誰呢？」

方天直到此際，才插言道：「那……硬金屬箱子呢？還在麼？」

納爾遜先生向那扇門一指，道：「人也死光了，箱子那還會在？」

方天雙手捧住了頭，頹然地在一張已打側的沙發上坐了下來。

我拍了拍納爾遜先生的肩頭，道：「老友，別喪氣，我們來找尋線索，我相信這樣大規模的行動，絕不是一般普通人所能做得出的。」

納爾遜先生來回走了幾步，道：「當然，死人被拖到地窖，他們自己受傷的人，則運走了，我看不會有什麼線索留下來，但是我們可以想得到，這是什麼人幹的事情！」

我抬起頭來，道：「你的意思是說某國大使館？」

納爾遜先生搖了搖頭，突然，他的眼光停在一堆碎玻璃之中的一隻打火機上。

在那瞬間，我也看到了那隻打火機。

打火機上，有着月神會的會徽！

納爾遜先生苦笑了一下，道：「我猜中了！」

本來，我心中也已猜到，極可能那是月神會惡棍的罪行，如今，自然更無疑問了！我的聲音十分低沉，道：「月神會。」

納爾遜的聲音也一樣低沉，他重複着那三個字，道：「月神會！」

我們兩人，也和方天一樣，頹然地在翻倒了的椅子上坐下來。如果是七君子黨，那事情還簡單得多，因為七君子黨的七個領袖，雖然機智絕倫，而且黨羽也多，但是，和月神會之擁有數十萬信徒來，總是如小巫之見大巫了。

而且，月神會在日本的勢力，不止是在下層，而且是在上層，月神會像是一個千手百爪的魔鬼，要和這個魔鬼作對，日本警方，是無能為力的！

我們三個人，呆呆地坐了半晌，方天首先開口，他茫然地道：「月神會，他們搶了那隻硬金屬箱子去，有什麼用處？」

我苦笑了一下，道：「或者他知道箱子中所放的是井上家族祖傳的『天外來物』，所以才動手搶去的。」

納爾遜霍地站了起來，道：「月神會的存在，日本人能安之若素，我們也無權干涉，但是這隻箱子，卻非要設法搶回來不可。」

我點了點頭，道：「而且要在六天之內，不然，我便沒有法子向某國大使交代了。」

納爾遜來回踱了幾步，道：「我們是分頭進行，還是一起進行？」

我向方天望去，只見方天的面上，有着一種十分異特的神色。我當然知道，和納爾遜在一起，事情進行起來，要方便得多。

但是如果和納爾遜在一起，勢必要和方天分手了，因為方天不准我向任何人講出他的秘密，而他和我們在一起的話，我只怕總要露出馬腳來。而且，這時我看方天的神色，他對於追回那隻箱子，像是已有了把握一樣。所以道：「我們還是分頭進行的好。」

納爾遜先生望了我一眼，道：「你和方先生一起麼？」

我點頭道：「是。」

納爾遜先生大踏步向外走去，道：「祝你先成功。」

我覺出他有點不很高興，但這也是沒有辦法的事情。納爾遜先生才一走出去，方天便一躍而起，道：「衛斯理，我們快走！」

我愕然道：「上哪兒去？」

方天道：「去找那箱子。」

我立即道：「你知道那箱子在什麼地方麼？」

方天道：「詳細的情形我不知道，但是我卻有一個模糊的概念。」

我歎了一口氣，道：「事情絕不簡單，你不要對我玄之又玄可好？」

方天急道：「我不是玄之又玄，如今我所想到的，我所知道的那種感覺，你們地球人是根本沒有的，你叫我怎麼說？」

我知道方天所説的是實情，因為他是從土星上來的。從外表看來，他和我們——地球上的人，似乎一點分別也沒有，但實際上，卻是截然不同的兩種生物。他——土星人因為腦電波特別強烈的緣故，是可以對許多事情，有着強烈的預知能力的。

我略想了一想，道：「好，那你説，那箱子在什麼地方？」

方天道：「在我的感覺中，那箱子像是在這裏的附近。」

我呆了一呆，反問道：「就在這兒的附近？」

方天道：「是的。」他一面説，一面便向門外，奔了出去，我跟在他的後面，出了門，外面又靜又黑，納爾遜已不知去了何處。

而發生在那屋子中的打鬥，雙方所使用的，無疑都是裝了滅音器的手槍，是以四鄰沒有被吵醒，每一所房子都是黑沉沉的。

我們出了門口，方天站着不動，我只見他向四面望着，好一會不出聲。我等得不耐煩了，問道：「究竟是在哪裏？」

方天給我一問，他面上的神情，立即比我更焦急，道：「我只知道就在附近，但是在什麼地方，我卻不知道。」

我道：「近到什麼程度，可有一個範圍麼？」

方天團團地轉了一轉，道：「大約在三萬平方公尺之內。」

我聽了之後，不禁苦笑了一下。

三萬平方公尺並不是很大的一個區域。如果是在空地上，那要找這隻箱子，實是容易之極。但是這樣乃是人口密集的住宅區，在那範圍之內，有多少房子？

就算我們有權利在每一間房子中檢搜，那也不易找出這隻箱子來！

我並無意打擊方天，但是我卻不得不道：「方天，你雖然是外星怪人，但是卻一點用處也沒有！」

方天面上，泛起了藍色，道：「不錯，我反倒不如你！」

我吸了一口氣道：「但是你知道那箱子還在附近，我們卻可以通知納爾遜先生，他或者有辦法的。你在這裏等着我，我去打電話。」

我一面說，一面便向不遠處一個可以看到的公用電話亭走去。

我還沒有走到電話亭，便聽到有汽車聲傳了過來。我立即停步，只見一輛黑色的轎車，在我的身邊，疾駛而過，我向那車子望了一眼，只見車子的窗上，全都裝着布簾。

我一看到車窗上裝着布簾，已經感到事情有異，而就在我一瞥之間，車子突然向行人道上，衝了上去，我大叫一聲，道：「方天，小心！」因為那輛發了瘋也似的車子，正是向方天衝去的。

方天的身子，猛地向旁一躍，那輛車子的司機，一定是具有第一流駕駛技術的司機，方天才向旁一躍，車頭也跟着一轉，接着，便是一下難聽之極的煞車聲，車頭將方天頂在牆壁上，而車中立即有三個人，疾竄了出來。

綁架！是白癡也可以知道那是綁架！

我向前疾衝了過去，但是我只衝了幾步，「撲」地一聲，車子中已有了子彈，向我飛射而至，我連忙伏了下來，只聽得方天絕望地叫道：「衛斯理！」

我一伏下之後，再躍向前，但是迎面而來的子彈，使我不得不躲到一個郵筒的後面。

而自車中躍出來的人，動作極其迅速，我剛躲到了郵筒後面，便聽到了車門的關閉之聲，和那車子疾衝向前的聲音。

我不顧一切地躍了出來，當着我的面，方天竟被人綁架而去，這實在太難堪，我飛撲向前，在地上一個打滾，子彈在我的身後，將柏油馬路開出了一個一個的洞。

我自然是追不上汽車的，但是我卻有法子使汽車不能再前進，至少也要使它慢下來。我一面在地上滾着，一面向汽車的輪胎，射出了兩枚尖釘。

只聽得「嗤嗤」之聲不絕，車身顛簸了起來，至少已有兩隻輪胎漏氣了。

第十八部

直闖虎穴

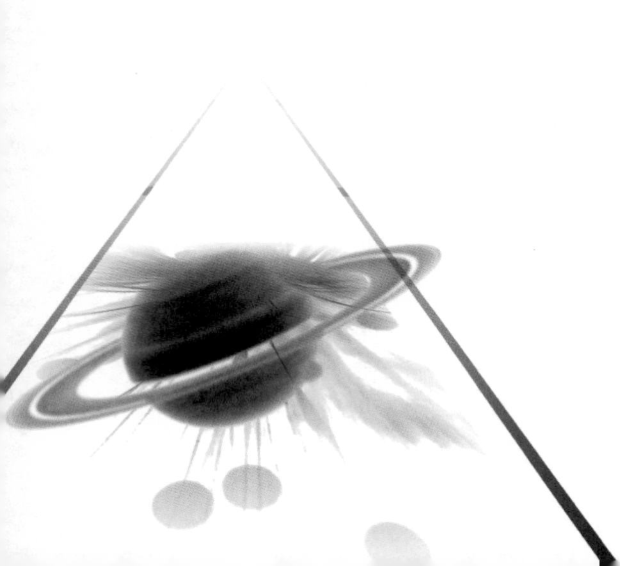

我再度躍起，只見車子停了下來，兩條大漢，疾向我衝了過來。那兩人一面向我衝來，一面手中的手槍，向我發之不已。有一顆子彈，在我的腰際擦過，使我的腰部，感到一陣灼痛。

我全憑着不斷的閃動，使那兩名大漢，失去射擊的目標，所以才能保住性命。我躲進了空屋，那兩名大漢，竟然追了進來。

再要去追那輛將方天架走的汽車，是沒有希望的了。如今，我自然只有先對付那兩個大漢再說。那兩個大漢是什麼來歷，我已經可猜出一大半，他們一定是月神會的人馬。

我一直向空屋子退去，退到了那扇通向地窖的壁櫥門旁。

室中的電燈早已熄了，十分黑暗，我躲在門旁，準備那兩個大漢再進來的時候，我便躲到地窖中去。地窖中有許多死人，我只要躺在地上，他們便分辨不出死人或活人，非下來查看不可，那我就有機可乘了。

我屏氣靜息地等着，只聽得那兩個大漢的腳步聲，愈來愈近。

突然間，兩人停了下來，一個道：「別追了，我們快回去吧。」

另一個道：「那怎麼行？長老吩咐過，這種事是不准外泄的，怎可以留活口？」

那另一個大漢，講出了「長老吩咐過」這樣的話來，那更使我肯定，這是月神會的歹徒了。月神會竟然如此之猖狂！

只聽得一個又道：「那我們分頭去找一找。」

另一個道：「小心些，那人身手十分矯捷，可能就是上次弄錯了，被他在總部逃走的那個中國人衛斯理。」

那一個像是吃了一驚，道：「大郎，如果是他，我們還是快些走吧。」

另一個卻「哼」地一聲，道：「若是殺了衛斯理，那我們都可以晉級了！」那一個無可奈何地答應了一聲，腳步聲又響了起來。聽了這兩人的對答，那已經略略明白我離開月神會總部之後，月神會總部之中，所發生的事情了。月神會一定已經知道他們弄錯了人，我並不是他們心目中的「會飛」的「天外來人」。

而且，我的身分，他們一定也已查明了。而他們終於找到了方天，並將他綁走了。

照這樣的情形看來，方天的安危，倒是不值得怎樣擔心的，因為月神會要他在信徒的大集會上「飛行」，自然不會害他的性命的。

我感到事情對我，雖是仍然十分不利，但事情總算已漸漸明朗化了。我已弄明白了方天的來歷，而一度曾與我們作對的七君子黨，也已經退出了鬥爭。

如今，我們競爭的對手，只是月神會了。

和月神會鬥爭，當然不是簡單的事，但比起和自己作對的是什麼人，都不知道來，那卻好得多了。

我想到了這裏，忽然又想起木村信來，我的心中，又不禁罩上了一層陰影。

因為，無論如何，木村信之死，是和月神會沒有關係的。照方天的說法，那是什麼「獲殼依毒間」。然而那五個字是什麼意思，我卻不知道，方天是準備向我解說的，但他卻沒有機會。

我一想到了這件事，隱隱感到，那似乎比月神會更其難以對付。但那既然還不可知，我也犯不上多費腦筋了。

我一面想着，一面留意着那兩個大漢的動靜。

只聽得兩個大漢中，有一個已經漸漸地接近了我藏身的房間，終於，「砰」地一聲，他踢開了門。我就在他的面前，不到三步，但只因為房間中十分黑暗，所以他未曾看到我。

但是我卻可以看到他了，我看到他一步一步地向前跨了過來。

當他跨出了三步之後，他也似乎知道了面前有人，猛地停住，揚起手中的槍來，但在這時候，我早已像一頭豹子一樣，了無聲息地撲了上去，緊緊地握住了他的喉嚨，他手中的槍，落在地上，十指拚命想拉開我的手，眼睛睜得滾圓地望着我。

我知道，月神會的勢力，能如此之大，這些為虎作倀的打手，要負一半責任，因此我下手絕不留情，十隻手指，拚命收攏，直到他喉間的軟骨，發出了「咯」地一聲，被我抓斷，他頭也向後垂去為止。

我將他的屍體，放了下來，一伸手，拾起了手槍，一腳將那人的屍體，踢下地窖去，發出了「砰」地一聲。只聽得立即有人問道：「大郎，什麼事？」

我才知道剛死在我手中的人，就是想殺我立功的大郎。我啞着聲音，含糊地叫了一句：「快來。」

一陣急驟的腳步聲傳了過來，我站在門口，一條大漢撲進門來，我膝頭向上一抬，正頂在他的尾尻骨上，那一頂，使那人整個身子，向上反彎了起來，我一伸手臂，便已勾住了他的頭頸，以槍口對準了他兩眼的中心，道：「你想去見大郎麼？」

那人舌頭打結，道：「不……不……不……」

他一連講了三個「不」字，身子發顫，幾乎倒下地來。我一把搶了他手中即將跌落地上的手槍，將他鬆了開來，道：「坐下！」

那人是跌倒在地上的，我冷笑道：「你可知道我是什麼人？」

那人道：「你……你是衛斯理？」

我道：「不錯，我就是衛斯理。」

那人身子一抖，突然間，長長地吁了一口氣，閉上了眼睛。

我厲聲道：「作什麼？你以為我會殺你麼？」

那人又睜開眼，露出不可相信的神色來，道：「你……你……可以不殺我麼？」

我拋了拋手中的手槍，道：「你們準備將方天綁架到什麼地方去？」

那人道：「海邊……的總部。」

我道：「就是我到過的地方麼？」

那人道：「是。」

我又問道：「你們在這裏搶去的那個硬金屬箱子呢？」那人忽然閉住了嘴。

我冷笑道：「你一定不想接受我的寬恕了。」

那人歎了一口氣，道：「就在剛才那輛汽車的後面行李箱中，如今，也要到海邊的總部去了。」

我明白了何以方天的腦電波，既然可以探測到那金屬箱就在附近，但是卻又沒有法子說出確定的地點來的原因。車子是在動的，當然他沒有辦法確定。

我向那人提出了最後一個問題道：「佐佐木季子呢？」

那人搖搖頭道：「我不知道。」

我「哼」地一聲，那人連忙道：「我只是一名打手，會中機密的事情，我是不知道的。」

我望着那人，心中暗忖，那人既然向我說了實話，我是應該放了他的。但是，我一放了他，月神會總部立即便可以知道他們的機密已經外泄。如果他們只是加倍防守總部的話，事情還好辦，而如果他們改變藏匿那硬金屬箱子和方天的地方，那可麻煩了。我是不是應該將他殺掉呢？

我心中十分猶豫，那人也像是待決的死囚一樣，面色灰白地望着我，好一會，他先開口，道：「我……決不將和你在一起的事說出去。」

我道：「我怎樣可以相信你呢？」

那人道：「你是可以相信我，因為我泄露了會中的機密，是要被活活燒死的。」

我聽了之後，打了一個寒噤，將他手槍中的子彈，褪了出來，槍丟還給他。而另一柄手槍，我則留了下來。本來，我身上是絕對不帶現代武器的。但如今情形，實在太兇險了，我感到若是我再不帶槍的話，簡直隨時都有喪生的可能！

我沉聲道：「你先走。」

那人如獲大赦，急忙一躍而起，向外奔去，我聽得他的腳步聲，已出了屋子，便由屋後翻窗而出，屋後是一條小巷。

我穿了那條小巷，奔到了最近的一個警崗中，兩個值班的警員，以奇怪的眼光望着我，我告訴他們，我是國際警察部隊的人員，要借用警崗的電話。納爾遜給我的那份證件，起了極大的作用，那兩個警員，立即應我所請。

我撥了納爾遜先生和我分手時給我的那個電話號碼，我不知道那是什麼地方，只知道這個號碼，可以找到納爾遜。

電話鈴響了並沒有多久，納爾遜先生的話，已經傳了過來，道：「喂？」

我立即道：「老友，你不必再調兵遣將，我已經有了頭緒。」

納爾遜先生的聲音，顯得極其興奮，道：「是麼？」

我道：「你在什麼地方？你趕快通知準備一艘快艇、一輛高速的汽車，和兩個能攜帶的最強有力的武器，我來和你會面。」

納爾遜先生道：「是月神會麼？」

我道：「是，連方天也給他們綁去了，詳細情形，我和你見了面之後再說。」

納爾遜先生略一沉吟，道：「好，我在警察第七宿舍門口等你，你到時，一切將都準備妥當了。」

我掛上了電話，不用費什麼唇舌，便借到了警員的摩托車，向前疾馳而去，八分鐘後，我趕到了目的地，納爾遜已站在一輛看來十分舊的汽車之前搓手。那輛汽車，看外表簡直已是廢物，但是有經驗的人，只要一看它的形狀，便可以知道那是經過專家裝配的快車。

我並不說什麼，打開車門，上了駕駛位，納爾遜先生也上了車子，道：「不用多帶人麼？」

我苦笑道：「人再多，也多不過月神會，反倒是少些的好。」

納爾遜先生道：「你準備如何行事？」

我道：「一輛車子，綁走了方天，那硬金屬箱子，也就在車尾——」

在我講這幾句話的時候，我們的車子，早已如箭也似，向前射去。我續道：「我現在希望，可以追上那輛車子，便可以省事不少了。」

納爾遜問道：「追不到車子呢？」

我道：「追不到車子，我們便只有從海面上，到月神會的總部去了。」

納爾遜先生默言不語，我又將方天被綁的經過，講了一遍。納爾遜先生從車座的墊子之下，取出了兩柄槍來。那兩柄槍的形狀，十分奇特，槍身幾乎是正方形的，長、寬各十公分，槍嘴很短，槍柄也很短。我騰出左手，取過一柄這樣的槍來，只覺得拿在手中，十分沉重。

納爾遜先生道：「每一柄槍中，有一百二十發子彈，子彈雖少，但是射中目的物之後，會發生輕度爆炸，殺傷力十分大。」

我吃了一驚，道：「可以連發的麼？」

納爾遜先生道：「是，你可以在一分鐘之內，將一百二十發子彈，全部射出去！」

我不禁歎了一口氣。武器的進步，愈來愈甚，單是個人所能隨身攜帶的武器，已經達到了具有這樣威力的地步，難怪中國武術，要漸趨沒落了。一個在中國武術上有着再高造詣的人，遇上了這種一百二十發連發的新型手槍，有什麼辦法？

（＊一九八六年按：這種武器，當時只是作者的幻想，但外形、性能，居然和如今的M 15、M 16自動步槍極其相似，也算有趣。）

納爾遜先生道：「但是這種槍，還有缺點，那便是上子彈的手續，十分複雜。不易在極短的時間內完成。」

我聳了聳肩，道：「有一百二十發子彈，難道還不夠麼？」

納爾遜先生補充道：「別忘記，每一發子彈都會發生爆炸，絕不止殺傷一個人！」

我不再多說什麼，納爾遜先生究竟是西方人，對於武器的進步，有一種喜悅。但我是東方人，我只覺得心中有一種說不出來的不快！尤其當我想及，我將不得不使用這種新式武器時，心中的不快更甚。

我將車子駛得飛快，在經過一條岔路的時候，有兩輛摩托車自岔路口轉了出來，緊緊地跟在我們車子的後面，那是警方的巡邏車。

但是我們如今駕駛的車子，是特殊裝配的，具有賽車的性能，我很快地便將那兩輛警方的巡邏車，拋得老遠，再也追不到我們了。

不用多久，我們便已出了東京市區。

上次，我從月神會總部逃脫的時候，已經辨明了月神會總部的所在地，所以，一出了市區，我便能在公路上疾駛。我走的是通過海邊的路了，因為我相信，綁架了方天，載走了那金屬箱子的車子，也是走這條路的。

因為月神會的勢力雖然龐大，但許多事，也不得不掩人耳目，而自海邊到月神會的總部，非但快捷，而且隱蔽得多。

當然，我也知道，要在路上追上那輛汽車的希望是很少的了。因為時間隔得太久，月神會的車子，超越我們之前許多，但我卻希望能在海面上，追到月神會派出來接應的快艇。

如果這一個希望也不能達到的話，那我們只有涉險去探月神會的總部了。

公路上的汽車並不多，而天忽然下起雨夾雪來，使得公路的路面，變得十分滑。

我們的車子由於速度太高的緣故，在路面上幾乎是飛了過去一樣。輪胎和路面摩擦，發出驚心動魄的「滋滋」之聲。

納爾遜先生好整以暇地掏出了煙斗來，點着了火，吸了幾口，又點着了一支香煙，遞了給我，道：「或許我不該問，但是我仍然要問。」

他一面說，一面望着我，我不等他講完，便接了下去，道：「方天是怎麼樣的人？」

納爾遜先生笑了笑，道：「正是這個問題。」

我歎了一口氣，道：「你要知道，你是我最好的朋友，唯其如此，我既答應了人家不泄露人家的秘密，你也就不應該逼我了。」

納爾遜先生點頭道：「不錯，只是可惜我的好奇心永遠不能得到滿足了。」

我道：「那倒不至於，過一段時間之後，我便可以將一切向你詳細說明了。」

納爾遜先生意似不信，道：「是麼？」

我不由自主，抬頭向上，我是想看看天上，當方天回到土星去之後，我自然可以將一切都向納爾遜先生說明了。但是我抬起頭來，車頂擋住了我的視線，也由於我的這一抬頭，車子倏地向旁滑了開去，若不是納爾遜先生在一旁，立即扭轉了駕駛盤的話，我們的車子，非撞到路邊的廣告牌上不可了！

我慢慢地降低了速度，車子停了下來，我吁了一口氣，納爾遜先生道：「由我駕駛如何？」

我笑了一笑，道：「那倒不必了，我答應滿足你的好奇心，一定不會食言的，只不過是時間問題而已。」

納爾遜先生道：「我自然相信你。」

我重又踏下油門，車子再度向前疾駛而出，越向海邊去，公路上的車子愈是少，雨雪愈來愈緊密了，我不得不將車速漸漸放慢。

漸漸地，由雨夾雪而變成了大雪，前面的視線，已經十分模糊，納爾遜先生不住地吩咐我小心駕駛，我盡量地保持着車子的平穩，將速率限制在僅僅不會翻車這一點上。

大約又過了半小時，我極目向前望去，依稀看到前面，像是也有一輛在飛快地駛着的汽車。但是因為雪越下越濃了，我不能確定前面是不是究竟有着車子。

我向納爾遜先生道：「前面好像有一輛車子。」

納爾遜先生伸手按了駕駛板上的一個掣，我看到在普通汽車裝置收音機天線的地方，豎起了一個碟子大的圓盤。

接着，駕駛板上的一個圓盤子，出現了螢光的閃耀。那輛車子上，竟裝置有雷達探索器，這倒的確是出於我意料之外的事情。

納爾遜先生注視着熒光板，道：「不錯，前面是有一輛車。」

我在這樣惡劣的天氣之下，又要使車子駛得快，實在連側頭去看一看身旁的熒光板，都在所不能。只得問道：「那輛車子的速度怎麼樣？」

納爾遜道：「我們正在漸漸地接近它，但是它的速度不會比我們慢多少。」

我吸了一口氣，道：「你想想，在那樣地大雪中，以僅次於我們的速度，在這樣荒僻的公路上疾馳的，是什麼車子？」

納爾遜道：「你的意思，那車子是我們所追蹤的那輛？」

我道：「我必須加快速度，追上去看。」納爾遜先生並不說什麼，只是絞下了車窗，大雪立即從窗中撲了進來。

我還來不及問他作什麼，只見他右手持着槍，已伸出了車窗之外。我道：「你想逼使那輛車子停下來麼？」

納爾遜道：「如果可能的話，我想射中前面那輛車的後胎。」

我慢慢地增加着車速，車子在路面上，猶如小船在怒濤之中一樣，顛簸不已，隨時都可以翻了轉來。

我們這樣冒險，是有價值的，在雷達探索器的熒光板上，我看到我們離那輛車子，已漸漸地近了。

終於，不必靠雷達探索器，我也可以在大風雪中，看清那輛車子了。

當我未能看清那輛車子時，我多麼希望那就是將方天架走的那輛汽車啊！

但是當我模糊地可以看清前面那輛車子的外形之際，我卻失望了。那輛車子是綠色的，並不是將方天綁走的黑色房車。

正當我要出聲阻止納爾遜先生的時候，槍聲響了！

我心中猛地一驚，因為前面的那輛車子，正以這樣的速度在行駛，如果納爾遜先生的子彈，射中了車子的後胎的話，那麼，這輛車子，一定要在路上，劇烈地翻滾，如果那不是月神會的車子，豈不是傷害了無辜。

可是，我的心中，才一起了這個念頭，只見前面的那輛綠色的車子，箭也似地向前射去。

而我們的車子，卻突然像脫韁的野馬一樣，向上跳了起來。

在那一瞬間，我當真有騰雲駕霧的感覺！

也就在那一瞬間，我明白了，剛才那一聲槍響，並不是發自納爾遜先生的手槍，而是從前面那輛車子中射出來的，我們的車子，已經被射中了。

我們車子的四輪，已經離開了地面，在那樣的情形下，我除了保持鎮定之外，實在絕無他法了。使我不得不佩服納爾遜先生的是，他在車子騰空的情形之下，居然向前面連發了四槍！

他發的四槍，只不過是大半秒鐘的功夫。

但在這一秒鐘之內，發生的變化，卻是極大，我們的車子，在騰空而起之後，陡地翻側，我只覺得一陣劇烈的震盪。

那一陣震盪，並不是一下子就停止了的，而是連續了兩三下。可想而知，我們的車子，是在騰空之後落地，落地之後又彈了起來，達兩三次之多！在那瞬間，幾乎我身體中每一個細胞，都受到了震動，而耳際那轟隆巨響，更令人相信那是由於一輛汽車的翻側所引起的。

我總算還來得及一把將納爾遜先生拉了過來，以我的手臂，護住他的頭部，而我自己，則緊緊地縮着頭，將頭頂在車墊上。

在激烈的震盪過去之後，我定了定神。

首先，我肯定自己並未曾死去，接着，我又肯定自己甚至僥倖地未曾受傷。

也就在這時，我聽到了納爾遜先生的抗議：「喂，你將我挾得透不過氣來了！」

這使我知道納爾遜先生也僥倖未死，我們兩人跌在一起，在車頂上，因為車子已四輪朝天，整個地翻了轉來。那輛汽車的機件，當真堅固得驚人，車子已經四輪朝天了，但是我還可以聽得四隻輪轉動的「呼呼」聲。

納爾遜先生勉力站了起來，道：「謝謝你，我未曾受傷。」

他外向張望着，道：「我想我應該擊中了那輛車子的。」

我也道：「是啊，剛才的那種巨響，不像是只有一輛車子翻身時所能發得出來的。」

我一面說，一面在那扇打開了車窗中，轉了出去。雪花迎面撲來，寒風徹骨，我們一出車子，立即便看到，在前面約莫二十公尺處，那輛綠色的汽車，正倒側在雪堆之上。

納爾遜先生大叫道：「我果然射中了它！」

他一面叫，一面向前飛奔而去，我趕過去，一把將他拉住，因為我們能以翻車不死，他們自然也可能翻車不死，這樣奔向前去，無疑是一個活靶子。納爾遜先生經我一拉，立即伏了下來。

我也跟着伏下，我們兩人，便是向碉堡作進攻的戰士一樣，在地上俯伏前進，可是，等我們漸漸接近那輛車子的時候，我們便站了起來了。

那輛車子所受的損害程度，比我們想像的更重。納爾遜先生所發的四槍，顯然只有一槍中的。

但就是這一槍，已經使那輛車子的一隻後輪，整個地毀去了。在司機位上，一個人側頭而臥，駕駛盤的一半，插進了他的胸口，這人當然死了。

而除他之外，車中並沒有旁人。

納爾遜先生一躍向前，一腳踢開了已經裂開了行李箱蓋，那輛汽車的行李箱是特製的，容積很大，而在行李箱蓋被踢開之後，我們看到了那硬金屬箱子！

我和納爾遜兩人，同時發出了一聲歡呼！

那箱子的大小，和那種新合金特殊的銀白色光輝，都使我們肯定，這就是我們曾經得過手，但是兩次被人奪去的那隻硬金屬箱子，也就是那隻裝着「天外來物」——太陽系飛行導向儀的箱子！

我們兩人同時又想起一個問題來，方天呢？

納爾遜先生踏前一步，將那車子中的司機，提了出來，但是那司機早已死了，絕不能回答我們的問題。我們兩人互望了一眼，迅速地將剛才所發生的事情，回想了一遍。

我們都覺得，如果押解方天的人，夠機智而又未曾受傷的話，那麼，他是有足夠的時間，在我們還未從翻倒的汽車爬出來的之前，便帶着方天離去的。

當然，他縱使離去，也不會去得太遠的！

我和納爾遜先生兩人，幾乎沒有交談一句，但我們的動作卻是一致的，我們一齊將那隻硬金屬箱子，搬了下來，搬到了我們自己的車旁。

然後，我們兩人，又合力將那輛四輪朝天的汽車，推正過來。

納爾遜先生以極短的時間，作了一番檢查，道：「雷達追蹤器震壞了，但車子還是好的，連無線電話也還可以用。」

我只講了一句話，道：「快去追尋方天。」

納爾遜先生想了一想，道：「如果我們一直追不到方天，而必要到月神會的總部去，難道也帶着這隻箱子同行麼？」

在納爾遜講出這件事之前，我的確沒有想到這一點。

我呆了一呆，道：「你的意思是——」

納爾遜道：「我們要分工合作了，一個人去追蹤方天，一個人先帶着這隻箱子離開，回到東京市區去，以保安全。」

我立即道：「那麼，由我去追蹤方天。」

納爾遜先生面上現出了不放心的神色，像是一個長者看着即將遠行的子弟一樣。我笑了一笑，道：「你還不相信我的能力麼？」

納爾遜先生勉強笑了一下，道：「祝你好運。」

他又鑽進了車廂中，以無線電話，通知他的部下，立即派一輛車子來，接載那隻硬金屬箱子。

我對於納爾遜先生一人，在那麼荒僻的公路上，獨守那隻箱子一事，也不很放心，因此我不理會納爾遜先生的抗議，將箱子搬到了路邊一堆碎石之前，令納爾遜蹲在箱子後面。

那樣，他身後有那堆碎石，前面有那隻硬的金屬箱子，手中再有着那麼厲害的新型槍，他的部下又立即可以趕到，就算有敵人來攻，也不必害怕了。

我奔到了車旁，鑽進了車廂，伸手向納爾遜先生揮了揮，大雪仍在紛紛下着，我看到他也在向我揮手，我踏下油門，車子又發出了一陣吼聲，向前面駛去。

我不使車子駛得太快，因為那帶着方天逸去的人，可能是在步行的，我如果將車子開得太快了，反倒不易將他追上。我一面駛着車子，一面仔細地向四面打量着，公路的兩旁，雖然也有些房屋，但是都離路甚遠，聰明人是不會到那麼遠的地方去求避的。

雪時大時小，極目望去，一個人也沒有。

我看路牌，我已經駛出十五公里了，仍然沒有發現任何人。我心中只覺得事情十分怪異，或是方天根本不在那輛車上，或是將方天帶走的人，另有車子接應走了。可惜那兩點我都沒有法子肯定，因為雪繼續在下着，就算有車痕的話，也被雪所掩蓋了。

我一面向前駛着，一面在迅速地轉念，可是我竟沒有法子判斷眼前不見方天，究竟是由於哪一種情形，我一咬牙，加大油門，車子的速度增快。我已決定，不論如何，先到了月神會的總部再說。

因為方天總是要被解到月神會的總部去的，我又何必在半途上多傷腦筋呢？

不多久，車子駛進了一個小鎮，前面已無公路。

那是一個很小的鎮，鎮上若不是有一家規模很大的魚肉罐頭加工廠的話，那小鎮早已不存在了。我驅車進鎮，在公路盡頭的旁邊，停了下來。

當我打開車門的時候，有兩個日本男子向我奔了過來。

納爾遜曾安排人員在來路接應，那自然是他的手下。

他們都能說十分流利的英語，道：「這輛車子我們認識的，可是一九四〇年的出品麼？」

都是預定的暗號，我道：「不，是一九四六年的出品。」

那兩人又道：「一九四六年九月？」

我笑道：「又錯了，是十一月。」

那兩人將聲音壓低，道：「只有閣下一人麼？」

我點了點頭道：「是，納爾遜先生因為有事，所以不能來了。」

那兩個人道：「先去喝一杯酒怎麼樣？」

他們一面說，一面四面張望，我意識到在表面上如此平靜的小鎮上，似乎也不寧靜。我連忙道：「時間可夠麼？」

那兩人一笑，一個年長的道：「我們準備的快艇，是特備的。」

我心中一動，跟着他們兩人，走進了一家小酒店，兩杯烈酒下肚，全身便有了暖烘烘的感覺，我見四面沒有人，又問道：「剛才，月神會有人過去麼？」

那年長的道：「是，一共是三個人，其中一個，像是受制於他們的。」

我心中大是高興，道：「他們是怎麼來的？」

那年紀較輕的一個道：「坐一輛跑車來的。」

這時，我已肯定那三人之中，有一個是方天了。至於他們何以在車毀人亡之後，又能得來一輛跑車，那想來是他們早有準備，有車子接應之故。

我一面高興，一面卻不禁發急，道：「他們已經走了，我們還在這裏喝酒麼？」

那兩人「哈哈」，各自又乾了一杯，才道：「你放心，他們的快艇，早就泊在海邊，我們兩人，曾做了一些手腳。」

我笑起來，道：「放了汽油？」

那年長的道：「放了汽油可以再加，我是在他們快艇的油箱上，鑽了五個小洞，加了油就漏完，因此他們的快艇，必須駛駛停停！」

我在他的肩頭上，大力拍了一下道：「好計，但我們還要快些，如果讓他們先到了月神會的總部，那事情可麻煩多了。」

那兩人站了起來，抓過帽子，一讓身，就出了小酒店，到了海邊，向一艘快艇走去。我跟在他們的後面，只見那艘快艇，在外表看來，也是殘舊不堪，就像是等待拆成廢鐵的一樣。我們一起上了艇，那兩人開動了引擎，原來那快艇的艇尾，裝置着四具引擎之多。

一陣軋軋聲過處，快艇已箭也似向前竄去。

我們之間並不說什麼，我只是取過了望遠鏡，在海面上眺望着。

雪已停了，但天上仍是彤雲密佈。

我看了片刻，一無所得，不禁暗歎了一口氣。

那年長的一個，向我走了過來，道：「衛先生，你是說在這樣的情形下，即使我們追上了對方，也是難以行動麼？」

朔風呼呼，海面不很平靜，我們的快艇，由於速度十分快，因此倒還平穩，而前面，在我手指處，有一團慘綠色的亮光。

那團亮光，隨着海水，在上下搖擺，我立即取過了望遠鏡來。

那一團綠光，在望遠鏡之內，看得更清楚了，是一隻快艇的尾部所發出來的，那也等於説，我們已追上了月神會綁架方天的那艘快艇了！

到了這時候，我倒反覺得事情成功得太容易了。

因為我和納爾遜先生，本來就沒有和月神會發生正面衝突的意思，因為月神會的勢力，實在太大了。要到月神會的總部去生事，乃是逼不得已之舉。

而如今，既然事情可以在海面上解決，那自然再好也沒有了。

第十九部

生命的同情

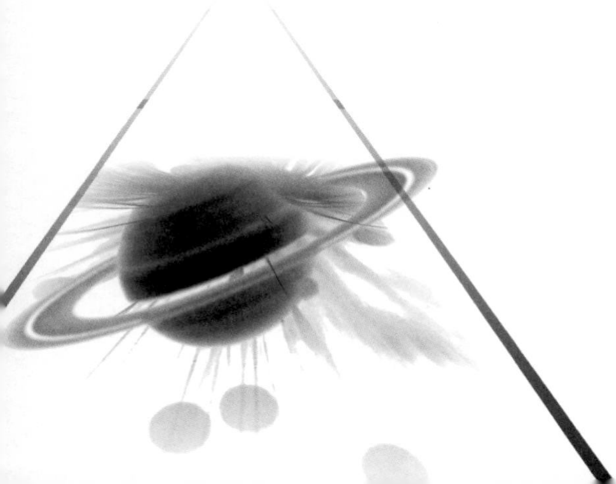

那兩人躍到艇尾，加快速度，向那團綠光追去。

那團綠光，在海面上上下浮沉，雖然也在緩緩前進，但只是在隨波逐流，怎及我們的快艇，有四具發動機之多的速度？

轉眼之間，我們的快艇，便已漸漸地接近那團綠光了。由於距離接近，我們不用借助望遠鏡，便可以看得十分清楚，那一團綠光，正是在一艘快艇的艇尾所發出來的。

那一個年紀較輕的日本人，向我望了一眼，面有得意之色。在敵人的艇尾塗上發光漆，有利於追蹤，這的確是十分好的辦法，那年輕人得意，也不無理由。

從我們發現那團綠光開始，到我們追上那艘快艇，只不過是幾分鐘的時間。那兩人拋出了繩子，將那艘快艇的艇尾鉤住。

然而在這時候，我卻覺得事情有不對頭之處。

不錯，那艘快艇只是在海面上隨波逐流，可以說是油箱漏油。但是也可以說是快艇上根本沒有人，而後者的可能性更來得大些！

剛才，我們三人，心中充滿了已追上敵人的喜悅，是以竟未曾想到這一點！

這時，看那兩人的情形，似乎仍未曾想到，但是我卻想到了，因為我想到了一個最簡單的事情：如果對方的快艇上有人的話，那麼，對方在我們將要追近之際，為什麼不開槍射擊呢？

我一想到這一點，立即想要阻止那兩個人躍上那艘快艇上去。

但是當我想說話時，已經來不及了！

那兩人身手十分敏捷，早已一躍已上了對方那艘快艇，而幾乎在他們兩人的身子，才一落在那艘快艇上，使快艇發出一陣輕微的震盪之際，便立即傳來「轟」的一聲巨響。

一切一切，只不過是千百分之一秒間所發生的事，我只覺得，黑夜突然變成了白天，在我的面前，出現了灼熱的，白色的光芒，那情形很有點像在北海道時，方天以他能放射奇熱射線的武器向我作攻擊之際一樣，但是聲勢卻要猛烈得不知多少倍。

剎那間，說我宛若置身在灼熱的地球中心，也不過份，我只覺得我的快艇帶着我，向海水之下沉去，而幾乎是沸騰的海水，形成千百條柱子，向我的身上，捲了過來，就像是有不知多少頭怪獸，以牠們的長舌，在向我舐來，準備將我吞噬一樣！

我絕不是應變遲緩的人，但是在那一瞬間，我卻呆言不知所措。

在我身子陡地下沉之後，我又立即覺得，被一股極大的大力，向上拋了起來。

那一拋，使我拋到了離海面數十公尺的高空！

也幸而是這一拋，才保住了我的性命，我身在半空，向下看去，只見我的快艇，已成了一團火球，而海面上，已根本沒有了我們剛才所追的那艘快艇的痕跡！

那艘快艇不會飛向天空，也不會在那麼短的時間內，便沉入海心的，那一定是剛才的那一下爆炸，將它徹底地炸毀了！

那兩個人……

當我想到那兩個人之際，我的身子，又重重地跌入了冰冷的海水之中。

我掙扎着浮了起來，只看到我們的快艇，已在向海中沉下去，海水和烈火，似乎在搏鬥，發出「嗤嗤」的聲音，不到兩分鐘，海邊又恢復平靜了。

那兩個在五分鐘前，還生龍活虎的人，現在在哪裏呢？想起我自己，幾乎也和他們一齊躍上那艘快艇，我不禁一連打了七八個寒戰。

我浮在水面上，什麼都不想，竟想起我自己「是不是還活着」這一問題來。

我顯然是活着，只不過額頭上受了些微傷，並不像那兩個人一樣，已經成為飛灰了。我吸了一口氣，不禁苦笑了起來。

剛才，我們發現那團光之際，我還在想事情成功得太容易了！如今，當我孤零零地，浸在漆黑冰冷的海水之中的時候，再想起那四個字來之際，那是一個什麼樣的諷刺？

我早就應該知道月神會不是容易對付的，觀乎他們在汽車遇襲之後，立即又有車子載他們到海邊的這種有準備的情形，焉有他們的快艇被做了手腳而不覺察之理？

他們自然是早已覺察了，所以才在快艇上放下了一受震盪便會爆炸的烈性炸藥，等候追上來的人來上鈎！

可恨我們竟會想不到這一點！

我狠狠地拉扯着被海水浸得濕透的頭髮，因為事變在剎那間發生，而且事變的結果，又是那樣地驚人，因之我實在沒有辦法在短時間內，平復下來，考慮我自己如何脱身的問題。

直到過了許久，我才想到了這一個問題。

我還浸在海水中，雖然暫時不致於死，但是如果説要回到岸邊去，那又豈是容易之事？我將頭沒入海水中，又伸出海面，開始向我認為是岸邊的方向游去。

一直游了很久，在我所能望得到的地方，仍然是茫茫大海，而我的四肢，則已漸漸地感到麻木了。我除了浮在海面上之外，連動一動手，踢一踢腳，都感到十分困難。

在那段時間中，我不但要和致命的寒冷，起伏的波濤作鬥爭，而且，要和自己心中，不如就此死去，何必為生存而作如此痛苦的掙扎的想法而鬥爭。

我咬緊牙關，仰高着頭。

終於，我等到了東方發白，天色陰沉得可怕，但總算已是白天了，在白天，我生還的希望，是不是可以增加呢？

但看來，白天和黑夜是一樣的。

我盡量減少體力的消耗，因為看來，要游到岸上，已是沒有可能的事。

我唯一遇救的可能，便是等到有船經過我的聲音能及的地方！

如果不是我受過嚴格的中國武術鍛鍊的話，我相信這時，一定早已沉到海底去，和那兩個帶我出海的日本人為伍了。

我一直支撐到中午，才看到遠遠地又有一艘快艇，駛了過來。

我揚起了右臂，高聲呼叫，我從來也未曾想到我自己的聲音，在海面聽來，竟會這樣低弱，我用力撕下了一隻衣袖，舉在手中揮揚，約莫過了五分鐘之久，那艘快艇竟向我駛來了！

當我看到那艘快艇向我駛來之際，我突然覺得，我所有的力氣，全都用盡了，我連再抬起手臂來的力道，都沒有了。

我只能浮在水面，不使自己沉下去，我閉着眼睛，直到我耳際聽得快艇的機器聲，漸漸接近。我心中暗忖，如果快艇上的，是月神會的人呢？那我毫無疑問地要成為俘虜了。

可是我的不幸，幸而未到這一程度，我的耳際，突然響起一個人的聲音，那是納爾遜的聲音，他的聲音中，充滿了驚懼和意外，叫道：「衛！」

我睜開眼來，納爾遜站在艇首，兩眼睜得老大，我只能講出三個字來：「納爾遜。」

納爾遜先生立即拋下了繩子來，我麻木的五指，抓住了繩子，他將我拖上了快艇。我身子縮成一團，連站起來的力道都沒有，納爾遜先生屈一腿，跪了下來，扶起了我的頭，揚首叫道：「白蘭地，快！快上！」

一個壯漢從艙中鑽了出來，納爾遜先生自他的手中，接過了一瓶白蘭地，向我口中便灌，我喝了兩口，他還要抱我起來。

我心中對他的感激，當真是無以復加，我只是望着他，以我的眼色，表示感謝。

納爾遜先生用力一頓，將我抱了起來，我忙道：「我可以走。」他卻不睬我，那壯漢走過來，兩個人一齊將我抬進了船艙之中，為我除下了所有的濕衣服，又以一條毛毯，裹住了我的身子，不住地擦着，直到我全身，都感到暖烘烘為止。

我到那時，才握住了納爾遜先生的手。

納爾遜只是淡淡地一笑：「你在海中，飄流了多久？」

我道：「大約有十二個小時了。」

納爾遜先生「唉」地一聲，道：「那一聲爆炸——」

我搖了搖頭：「我們中計了，那兩位朋友——唉！」我也不由自主地難過地歎了一口氣。

站在納爾遜先生後面的那個壯漢，這時突然痛苦地叫了一聲。我向他看去，只見他面肉痛苦地扭曲着，我這才注意到他的臉容，和那兩人中，那年輕的一個，看來十分相似。

納爾遜先生在拍着他的肩頭，道：「鈴木，你失去了一位弟弟，但是國際警察部隊，卻失去了兩名幹探，你應該相信，我的心情，比你更難過！」

那壯漢嗚咽道：「我知道，可憐的弟弟，他還……還只是一個孩子！」

我難過地道：「鈴木先生，你的弟弟已不是孩子了，他機智、勇敢，不愧是國際警察部隊中的英雄！」

鈴木止住了哭聲，面上現出了一絲驕傲的神色來。我將事情的經過，向他們兩人，說了一遍。

納爾遜先生道：「我接到了海上發生爆炸的報告——那是一架夜航客機發現的，而且，我等着鈴木和春田兩人的彙報，又等不到，我知道出了事情，便趕了來。」

我苦笑了一下，道：「每次歷險回來，我都覺得自己能以脫難，都是由於自己的努力，但這次——」

納爾遜先生不等我講完，便抓住了我的手：「我們別再想這件事了，好麼？」

我頓了一頓，道：「好。」

納爾遜先生又笑了起來，道：「那隻硬金屬箱子，這次，我已經放在一個穩妥到不能再穩妥的地方了，而且，有二十四名久經訓練的警方人員，奉到命令，每一分鐘，他們的視線，都不可以離開那隻箱子。等方天和我們一起的時候，我們才將它打開來。」

我在算算日子，某國大使大概這時，和熱鍋上的螞蟻，相差無幾了。雖然他上司給他的期限還沒有到，但在東京失去了我的蹤跡，相信他也夠急的了。

納爾遜提起了那家工廠，我便想到了那家工廠總工程師木村信之死，我忙道：「木村信工程師的死亡，是為了什麼原因？」

納爾遜先生濃眉一蹙：「我已要求醫官再詳細檢查了。」

我忙問道：「醫官初步的報告結果是什麼？」

納爾遜先生攤開了手：「經過了據説是極詳細的檢查之後，醫官説木村信什麼都好，完全是一個健康的人，絕無致死之理！」

我呆了半晌，想起了那天晚上，方天和木村信見面之際，以土星上的語言交談的情形，知道其中，必然有着極大的隱秘。

但如今，我卻也説不出所以然來。

納爾遜先生望着我：「衛斯理，我覺得我們為了方天，還要去冒生命危險，但是他卻要對我保守他的秘密，這實在是十分不公平的事。」

我歎了一口氣：「那你要原諒他，他的確有說不出來的苦衷，如果他的身分暴露了，那他要遭受到極大的痛苦！」

我們一直以英語交談着的。但是納爾遜在聽到了我的這句話之後，忽然以他並不十分純正的中國國語道：「其實也沒有什麼了不起，他不過是來自地球以外的星球而已！」

我本來是裹着毛毯，躺在一張躺椅上的，可是我一聽得這句話，連人帶毛毯，一齊跳了起來，道：「你——你——」

納爾遜伸手一按，重又將我按倒在那張躺椅之上，繼續以中國國語向我交談。

納爾遜道：「你大可以不必吃驚，這是我自己猜出來的，並不是你不守諾言，向我泄漏了他的秘密。」

我只呆呆地望着他，一言不發。

納爾遜聳了聳肩，道：「衛，這其實一點也不值得大驚小怪，無邊無際的太空之中，像地球這樣的星體，以億數計，自然別個星球上，也會有着高級生物。地球人拚命在作太空探索，其他星球上的『人類』，當然也一樣，有人從別的星球來，這件事，想通了之後，實在是不值得奇怪的！」

我仍是呆呆地望着他。

納爾遜先生得意地笑了一笑，道：「我向一個人種學權威請教過，他告訴我，在太陽系的行星上，除非沒有高級生物，如果有的話，其演變過程，其外形一定是和地球上的高級生物大同小異，因為太陽的輻射能操縱着生命，沒有太陽，便沒有生命，同一個太陽，便出現同一的生命！」

我苦笑了一下，道：「方天和我們的確是相同的，所不同的，是他的血液的顏色而已。」

納爾遜先生向我指了一指，道：「還有一點不同，那便是他的腦電波特別強烈。」

我不得不承認納爾遜先生的本領在我之上，因為我對方天的身分，雖然起過種種的懷疑，但是我無論怎樣懷疑，都受到地球的局限，我絕未想到，他竟是地球以外的人！

而納爾遜先生卻突破了這種局限。

這證明他的推斷能力、想像能力都比我強得多。

納爾遜先生又道：「但是我卻不知道他來自哪一個星球。」

事情已到了這個地步，我也實在沒有再為方天保守秘密的必要了。我道：「他來自土星。」

納爾遜先生雙掌一擊，道：「問題迎刃而解了！」

我問道：「什麼問題？」

納爾遜道：「他為什麼在將要射向土星的火箭上，加上一個單人飛行的太空囊，這個謎已揭開了！」

我點頭道：「是的，他是一個可憐蟲，他雖然來自土星，但是卻不是太空怪俠，而只是一個想家想得發瘋的可憐蟲，我想，我們應該幫助他回家去。」

納爾遜先生來回踱了幾步，道：「自然，但是我們對委託我們調查他來歷的國家，如何交代呢？」

我道：「那容易得很，我們教方天說，他在火箭上裝置的單人飛行太空囊，是用來發射太空猴的好了，火箭發射時，作最後檢查的是他自己，絕沒有人知道坐在那太空囊中的究竟是什麼人的。」

納爾遜道：「這倒是一個辦法，但是我們首先要將他從月神會的手中救出來。」

我道：「月神會是不會害他的，月神會要他作一次飛向月球的表演，以鞏固信徒對他的信仰！」

接着，我便將我所知，月神會創立的經過，以及方天和另一個土星人逼降地球的經過，向納爾遜先生詳細說了一遍。

納爾遜靜靜地聽着，只有當我說及木村信和方天見面時的情形時，他才不斷地發出問題來。

他問：他們兩人講的，當真是土星上的語言麼？

他又問：木村信臨死之前，難道連一句遺言也沒有麼？

因為那是幾天之前的事情，我對每一個細節，都記得十分清楚，所以，納爾遜先生的問題，我都可以作出正確的回答。

納爾遜先生想了半晌，也是一點頭緒也沒有。我們只是肯定「獲殼依毒間」這五字，是土星語中對某一件事，或某一種東西的稱謂。

但是那究竟是什麼事，或是什麼東西，我們卻不得而知。

我們並沒有去多想它，因為方天説過，這件事即使由他來解釋，地球上的人類也是難以設想，難以了解的，那我們又何必多花腦筋去想它呢？

在我一被救上快艇之後，快艇便向前疾馳着，就在這時候，鈴木大郎走了進來，道：「在望遠鏡中，已經可以看到月神會的總部了，雷達探測器的反應，是九海浬。」

我再度躍了起來，我的衣服沒有乾，我穿了鈴木大郎的水手衣服，將我原來衣服的袋中的東西，再放入水手衣服的袋中，那柄特製的連發槍，仍然可以使用，我將之挾在腰際，然後我和納爾遜兩人，一齊出了艙。

雷達指示器的標誌指出，我們離開懸岩，已不過六浬了。

從望遠鏡中望過去，可以看到那曾經囚禁我的、魔鬼也似的灰色古堡型的建築——月神會的總部。

那建築有幾個窗口，還亮着燈光。我相信其中有些窗口之中，是月神會的長老在討論如何奪回「天外來物」，有些窗子之內，則有人在威逼方天作飛行表演。

但是，是不是有的窗子之中，佐佐木季子也在受着威逼呢？我心中歎了一口氣，我和納爾遜先生將要去涉險的，是一個有着千百條現代噴火恐龍的古堡！成功的希望，實在是不大的！

我抬頭向黑沉沉的天空看去，土星在什麼地方呢？土星在我們肉眼所不能見的遠方，但我們卻要為一個土星上的人去涉險，這自然不是「人類的同情」，只可以稱之為「生命的同情」了。

我在呆呆地想着，快艇迅速地向月神會的總部接近。

當雷達探測器的表板上，指着我們離開前面的岩岸，只有兩海浬的時候，突然，我們聽到了「通通」兩聲響，接着，兩團帶着灼熱光亮的圓球，已向我們快艇的上空，飛了過來！

那兩團光球，到了我們快艇不遠的上空之上，便停留不動，而光亮更是白熱，照耀得海面之上，如同白晝一樣！

那是超級持久的照明彈！

而同時，我們聽到了不止一架水上飛機飛起的聲音。納爾遜先生立即下令：全速駛離照明彈的範圍！

在海面之上，我們的快艇，像瘋馬一樣地轉了一個彎，倒退了回去。

三分鐘之後，我們駛出了照明彈的範圍，隱沒在黑暗之中，我們聽到了機槍的掃射聲，看到了海面上濺起了一連串濺起的水柱！

納爾遜先生叫我和鈴木大郎，都穿上了救生衣，他自己也不例外。我們的快艇，向外疾馳着，照明彈顯然是在岸上發出來的，已不能射到我們所退到的範圍之內，水上飛機在盤旋，鈴木大郎熄了引擎。

納爾遜先生歎了口氣：「他們有雷達探測設備，有武裝的水上飛機，有超級的照明彈，結論是什麼呢？」

我接了上去：「結論是我們的快艇，根本是不能近岸！」

納爾遜先生托着下頦，蹲了下去。

鈴木大郎道：「我們可以潛水過去！」

納爾遜先生立即糾正他：「你應該說『你們』才對！」

鈴木大郎抗議道：「先生，我的弟弟——」

納爾遜先生道：「是的，你的弟弟犧牲了，你要去殺敵人出氣，但是快艇不能沒有人留守，我們更不能沒有人接應，這是命令！」

鈴木大郎低下了頭，不再言語。

納爾遜先生在他的肩頭上拍了一拍：「好朋友，別再難過，別再難過了！」

他在勸鈴木大郎不要難過，但是他自己的言語，卻哽咽了起來，這實在是十分動人的場面，只可惜我沒有能力將當時的情景，以十分動人的筆觸，記述出來。

水上飛機的聲音，已靜了下來，而照明彈的光芒也熄滅了。

由於我們的快艇，已停了引擎，所以海面之上，顯得出奇的靜。

納爾遜先生的聲音又恢復堅毅鎮定：「他們的水上飛機，能在三分鐘內的時間起飛，我們剛才能夠走脫，實在非常幸運。不必再去冒險了，我接受鈴木潛水而去的計劃。」

我道：「我也接受，但是我認為我一個人去就夠了。」

納爾遜先生笑道：「這算什麼？被土星人以為我們地球三十七億人口中，只有一個人是英雄麼？」

（＊一九八六年按：當時人口三十七億，二十多年後，已超過四十億了。）

我知道我是絕不能使納爾遜先生留在快艇上的，說也只不過是白說而已，是以我道：「你的體力，可以支持得住麼？」

納爾遜先生爽朗地笑了起來：「有一具海底潛水機，如今正燃料充足地在艇上。」

我聽了不禁大喜：「那我們還等什麼？」

那海底潛水機，形狀如一塊長板，但是卻有推進器，可以伏在上面，由海水下潛航，速度雖然不十分快，但是卻可以節省體力，而且，我們也只要航行三海浬左右便夠了。

我們將一切應用的東西，放入絕對避水的膠袋之中，換上了潛水衣，負上了氧氣筒。

鈴木大郎默默地幫着我們，不到半小時，我和納爾遜已並肩在海底了。我們着了燈，燈光可以及到二十公尺左右之處，我們的深度，也是二十公尺。

在海底中，要辨別方向，並不是容易的事，非要有豐富的潛水經驗不可，在這一點上，納爾遜先生便不如我了。

我們的心情都很緊張，因此我們雖然配備着在海底通話的儀器，但是卻誰也不出聲，直到燈光一映之下，前面出現了一排懸掛在空中的黑色圓球時，我們才各自低呼了一聲。

那一個排着一個黑色圓球，在碧綠的海水之中，浮懸不動，乍一看到，倒有點像懸掛在聖誕樹上彩色玻璃球。

但是我們卻都知道，那是一碰到了黑球兩端的細鐵線，便會引起致命爆炸的水雷！

那種水雷十分舊式，看來是第二次世界大戰時日本海軍的遺物，但是它的威力，自然仍是十分可觀的，我們轉向右，沿着密佈的水雷陣，向前潛進，可是那一排水雷陣，竟像是沒有盡頭一樣！

在我的估計之中，在我們轉右之後，已潛到了兩浬多了，但水雷仍然在。

我伸手打開了通話器的掣，道：「我們是不是應該冒險闖過去？」

納爾遜先生答道：「我看不必，再向前去，便應該是一個海灣了，月神會再放肆，也不敢將水雷布在經常有船隻的海灣之中的。」

我依着納爾遜先生的話，向前繼續潛進，沒有多久，水雷果然到了盡頭，但卻並不是突然斷了，而是轉了一個彎罷了！

密密排排的水雷，成半圓形，將月神會總部的海面，完全守住！

我和納爾遜先生兩人，不禁面面相覷！

我們都知道，水雷既然將前進的去路完全封住，那我們要再向前潛進，唯一可能，便是越過水雷。我呆了並沒有多久，便道：「你後退去，沒有必要我們兩個人一齊冒險的。」

納爾遜先生自然知道我的意思，我是要冒險去摘除水雷的信管，使我們可以順利通過去。

納爾遜立即道：「衛，別忘了在第二次世界大戰時期，我曾經領導過一個工兵營的。」

我立即道：「所以，事至今日，你是完全落伍了，這項工作，必須由我來做！」

納爾遜半晌不語，才道：「我們還未曾絕望，不必冒險去行那最後一步。」

我向前一指：「你沒有看到水雷網是如此之密麼？」

納爾遜先生道：「我猜想，他們為了防止有人接近他們的總部，自然也防到人們會從深水潛來的這一層，然而，月神會究竟不是公開的武裝部隊，他們的勢力雖大，但如果佈置的水雷，在海面上被人家看了出來，那也可能招致麻煩的！」

我聽了之後，心中一動，道：「你的意思是，我們可以在水面上過去麼？」

納爾遜道：「不是水面，如果我們冒出了水面之上，那一定逃不過雷達網，而在水中，又越不過水雷網。」

我點頭：「我明白了，你的意思是，我們要在水雷網和雷達網之間穿過去。」

納爾遜先生道：「照我的猜想，水雷的觸角，不可能直達海面，而只要離海面有半公尺的空間，我們的身子就可以穿過去了。」

我苦笑道：「就算你的想法不錯，我們也必須拋棄潛水用具，和海水潛水機，才能過去了。」

納爾遜先生道：「我以為徒手游上幾浬，總比冒險去拆除水雷的信管好得多。工兵寧願拆除十個地雷，也不願意拆一個水雷，因為人游近去，海水可能發生莫名其妙的震盪，這種震盪，有時便足以使得一枚水雷發生爆炸！」

我當然知道，要拆除水雷的信管，絕不是容易的事情，因此，我首先拉動了潛水機上的操縱桿，潛水機緩緩地向上升去。

本來，我們的深度是二十公尺的，到了指示標上的指針，指着三公尺的時候，我們的眼前，仍可以看到魔鬼的罐子也似的水雷觸角。

我和納爾遜先生繼續向上浮去，直到我們的背脊，已經幾乎出了水面，我們才看到，果然，水雷的觸角，離開海面，有一個空隙。

但是那空隙卻只有一公尺半左右！

那也就是說，即使我們拋去一切裝備，也要極度小心，方能不露出水面，而又不碰到水雷的觸角，在那樣的空隙中通過去。

我們又向下沉下去，在十公尺深處，納爾遜先生伸手和我握了一下，道：「如果萬一身子可能碰到水雷的觸角，那我們還是讓身子浮上水面的好，因為雷達網縱使發現了我們，我們還可以有逃避的機會！」

我一面解除身上的潛水衣，一面向納爾遜先生點着頭，表示我同意他的見解。

不一會，潛水機等東西都沉入海底去了，我將那隻不透水的膠袋掛在頸上，開始向上浮去，到了將近到海面的時候，我以極慢的速度，向前游去。大海十分平靜，但是我卻覺得再大的驚濤駭浪，也不能使我的心跳得那樣厲害。

我緩緩地向前游着，究竟我是不是能否順利通過，連我自己也不知道。

我慢地游近水雷的觸角，那是手指粗細的長鐵棒，直上直下的豎在海水之中，下到海底，上到離海面只有半公尺之處！

而我就從那半公尺的空間越過去！

到我的身子，游到了那些觸角的上面之際，我全身的肌肉，都產生了僵硬的感覺，因為我離死亡，實在是太近了！

那一瞬間，其實至多也不過是一分鐘，但是在我來說，卻像是一個世紀！

終於，我游過來了！

我大大地鬆了一口氣，身子不由自主，向前伸了一伸，雙臂也伸出了水面，像是一個被繩子綑綁了許多時候的人，一旦鬆了綁，便要舒一舒手腳一樣。

我才一伸開雙臂，發覺自己的身子還未曾下沉，雙臂竟已伸出了水面。

我連忙縮回手來，只見納爾遜先生也已經游過來了，他一把拉住我，便向海底下沉去，我們兩人誰也不說話，向前游去。

在我們向前游去之際，我們都看到了海水之上，傳來幾陣的灼亮。

那當然是在上空有照明彈的緣故。

我一面向前游去，一面心想，實不免駭然！

剛才，我雙手露出了海面，只不過是極短的時間，難道他們立即就發現了？我們已經拋棄了一切設備，因此我和納爾遜先生，也沒有法子在海底通話，我們只是不斷地向前游着。

約莫過了一個小時，我們已可以看到前面有着嵯峨的怪石，我們又向前游了丈許，伸手抓住了滑膩的石角，向上浮起來。

不一會，我們的頭已經探出了水面。

這時候，我們兩人，都已經筋疲力盡了，當我們的頭一探出水面之後，我們都大大地吐着氣，因為當我們在海底潛泳之際，我們只能將口唇貼着水面，匆匆忙忙地吸上一口氣。

我們都喘着氣，誰也不説話，過了片刻，納爾遜先生才道：「我們雖未被他們發現，但他們已發現有東西侵入了他們的水域了。」

我道：「他們可以肯定是人麼？海中的大魚難道不會游近來麼？」

納爾遜先生道：「魚？如果海中的生物會游近來的話，那麼水雷網早已炸完了，利用高頻率電波，可以將海中的所有生物，逐出老遠，這早已不是科學上的新發現了。」

我呆了半晌：「這樣説來，他們可以肯定侵入水域的是人了？」

納爾遜先生道：「那也不一定，譬如說，受傷的海鷗落在海面之上，雷達網也可以立即感覺得到的，這要看他們的判斷能力如何了。」

我歎了一口氣：「想不到我伸了一下手，卻又給前途帶來了許多困——」

我最後的一個「難」字，還未曾出口，納爾遜先生突然伸手按住了我的口，我也已聽到在我們上面的岩石上，有腳步聲傳了過來。

我不但立即住口，而且，身子伏在岩石上，一動不動。腳步聲愈來愈近，強力電筒的光芒，也在海面之上，掃來掃去。

但我們幸而未被發現。

第二十部

跳海逃生

等到腳步聲漸漸遠了開去之際，我和納爾遜兩人，不約而同，一齊向上竄去，顯然我們兩人打的是同樣的主意，我們要在巡邏者回來的時候，將之制住！

我們在岩石上迅速地攀援着，不一會間，便到了一條路上。我們兩人的身子在路面上滾了過去，到了路邊，躺着不動。

向前看去，龐然巨大的古堡，就在黑暗之中，有幾個窗口的燈火，依舊通明。

我們花了那麼多的時間，所能做到的，只不過是來到了月神會總部的附近而已，再下去，事情會怎樣發展，實是難以預料！

我低聲和納爾遜道：「我們是不是準備襲擊剛才過的巡邏者？」

納爾遜立即道：「如果可能的話，我們便扮他！」

我點了點頭，我們忍受着砭骨的寒風，屏氣靜息地等着。

不一會，只聽得腳步聲又傳了過來，遠遠地，我們看到兩條人影，向我們漸漸地接近，不一會，那兩人已在我們的身邊走過。

納爾遜先生雖然已是五十多歲的人，但是他身手之矯捷，比諸年輕小伙子，實是不遑多讓，我們兩人，像黑豹一樣地撲了出去，立即箍住了那兩個人的頭頸。

「拍拍」兩聲，那兩人手中的電筒，落在地上，他們連半聲也未及出，後腦便被我們重重地擊了一下，昏了過去。

我們兩人，絕不多廢話，將自己身上的濕衣服，迅速地脫了下來，換上了那兩人身上的衣服，然後，將他們兩人縛住了手腳，塞在岩石縫中。

然後，我們拾起了手電筒，向前走去。

我們剛一轉過了山角，便有人迎面而來，喝道：「有發現麼？」

我沉聲道：「沒有！」

那人道：「快到廣場集合！快去！」

他話一講完，便轉身走了開去，我和納爾遜兩人，都不知道廣場在什麼地方，但在這樣的情形之下，當然不能向那人發問。

我們只得向前走去，轉了幾個彎，我們心中的疑問，便已有了解答。

廣場就在那古堡型建築的右側，是一塊廣約畝許的空地，在我們到時，空地上已有幾十人在了，我們站在一個黑暗的角落上，並不出聲。

而那幾十個人，有的雖在講話，聲音也是十分低微，約莫過了三分鐘，陸續又有些人來到，這才見到，正對着廣場的一個窗口，突然大放光明。

接着，窗子打開，窗口現出了一個人。

廣場之上的所有人，立即變得更寂靜。我和納爾遜先生互望了一眼，我們都不知道將發生什麼。我們不敢將頭抬得太高，唯恐暴露了我們的真面目，偷眼向窗口望去，由於那人站在貼近窗子處，而光線則自他的身後射來，因此看不清他的臉面，只不過看到一個高大的黑影而已，看來十分神秘。

那人出現之後不久，便聽得他發出了低沉的聲音，道：「雷達控制的遠程紅外線攝影機，已經攝到了露出海面的東西，那是一雙人手！」

廣場上起了一陣騷動，但立即又靜了下來。

我和納爾遜的心中，都駭然之極！

因為我們實在未曾想到，月神會總部中的設備，竟是如此之周密！

那人繼續道：「有人侵入了我們的海域，而你們的巡查，卻說並無發現！」

那人講到這裏，頓了一頓，廣場上大多數人，低下頭去，像是感到慚愧。我們也低下了頭，我想，那在窗口講話的人，只怕做夢也想不到他的訓詞，我們也會雜在其中偷聽！

那人略頓了一頓，道：「現在，你們向總務部去領放射線探測器，再去繼續搜尋那侵入海域中的人！」

我和納爾遜兩人，都吃了一驚，因為那人要這些爪牙，去領取放射線探測器，以便繼續搜尋我們，那是什麼意思呢？

是不是他們在附近的海域中，放進了什麼放射性特強的物質，而凡是在海中游上來的人，身上便沾到這種放射性的物質了呢？

我們看到，那人在講完之後，便退了回去，窗子隨即關上，燈火也自熄滅。而聚集在廣場上的人，也立即紛紛離去，納爾遜輕輕地碰了碰我，我們兩人，也向外走了開去。我們當然不知道什麼「總務部」在何處，而且我們也無意於去領取什麼放射性探測器。

因為在黑暗之中，我們還可以混瞞過去，而如果一到了燈光之下，那麼，我們兩人喬裝的面目，是非被識穿不可的。

我們離開了廣場，跟着眾人，向前走着，而一來到牆角處，便立即身子一閃，閃過了牆角，在牆的那邊，一個人也沒有。而且，也顯然沒有什麼人發現我們兩個人，已過了牆角。

我是已經到過這裏一次的，地形較熟。

所以，我們一轉過了牆角，便由我走在前面。我們盡量保持着快，保持着輕，不一會，便來到了一扇門的旁邊。

我推了推那扇門，門是鎖着的。我取出了百合鑰匙，同時回身向納爾遜先生，作了一個手式，請他為我「望風」。納爾遜機警地四面望着。我只費了一分鐘的時間，便已經將那扇門弄開了，我輕輕地推開門，和納爾遜先生一齊閃身走了進去。我們兩人才一進門，便不約而同，都將那柄連發的新型手槍，握在手中。

因為我們進了門後，眼前一片漆黑，什麼也看不到，我們當然不知道會有什麼意外發生。直到過了半分鐘，黑暗之中，一點動靜也沒有，納爾遜才打亮了他隨身所帶的電筒。

電筒的光芒，照亮了眼前的情景，只見那是一間很大的房間，但是卻並沒有窗戶，房間中推滿了各式各樣的雜物，大都積塵甚厚。

那間房間，看來是一間儲物室。我們對望了一眼，又不約而同地伸出手來，重重地握了一下，來慶祝我們的好運氣。因為我們在開門的時候，根本不知道那裏面是一間什麼房間，如果那是一間衛士休息室的話，那我們的運氣就壞透了。

如今，那是一間沒有人的儲物室，我們的運氣之好，的確值得祝賀。

我們兩人，一齊來到了那房間的另一扇門前，側耳向外聽去。只聽得外面不斷地有腳步聲傳了過來，聽來那像是一條走廊。

我輕輕地旋動着門把，那門也是鎖着的，我又動用了百合鑰匙，鎖匙孔中，發出了「拍」地一聲響，我和納爾遜兩人，連忙退開了一步。

但是並沒有人發覺那「拍」地一聲響，我又轉動門把，將門打開了一道縫，向外看去。只見外面果然是一條走廊，不少人正在來來往往地走着，面上的神色，大都是十分緊張。

在這樣的情形下，我們當然不能貿貿然地出去，只好在這間滿是積塵的儲物室中等着。

約莫過了半個時辰，腳步聲已漸漸稀落了下來，我們正待開門出去，去尋找方天時，突然聽得一個沙嘎的聲音嚷了過來：「發現河野和上間兩人，他們被打昏了過去。」

我和納爾遜先生的心中，卻不禁一凜。

只聽得門外有人道：「侵入的敵人有多少？」

剛才那沙嘎的聲音叫道：「兩個，一老一少，一個是西方人。」

接着，一個十分莊嚴的聲音，傳了過來，道：「仔細搜尋，一捉到了他們，立即便將他們投入火爐之中，燒成飛灰！」

當那個聲音在講話的時候，其餘人的聲音，都靜了下來。

從那聲音的莊嚴程度聽來，那人可能是月神會的長老之一。

我幾乎忍不住想打開門來，看一個究竟，但是卻為持重的納爾遜先生所阻。

那聲音繼續道：「將那一男一女看得緊密些，不要誤了我們的大事！」

有許多聲音答道：「是！」

納爾遜先生附耳道：「衛，聽到沒有，一男一女，女的是誰？」

我也以極低的聲音道：「佐佐木季子。」

納爾遜先生道：「可能是她，唉，我們如果知道他們在什麼地方就好了！」

我道：「那是很容易的事情，你不要阻止我冒險進行了。」

納爾遜先生「哼」地一聲，似乎頗不以為然，我也不再和他爭辯，只是留心地聽着外面的動靜，只聽得腳步聲漸漸地散開去，我再度輕輕打開了門，從門縫中向外看去。

外面的情形果然和我所料的一樣，許多人都離去了，他們顯然是奉命去嚴密監守的「一男一女」了。而一個身材高壯的人，卻還站着。

那人背對我，我看不清他臉面，但只看他那披着大紅神袍的背影，也有一種令人肅然起敬的感覺，當然他是月神會長老之一了！

我迅速地將門拉了開來，同時身子一縮，躍到了門背後，伸指在門上「卜卜」地敲了兩下。納爾遜先生這時，顯然也已經知道了我的用意！

只見他將身子，隱在走廊的燈光照射不到的地方，同時伸出拳頭來，向門外裝了裝。我向他一笑，又立即轉過頭，從門縫中看門外那人的動靜。

只見那人一聽得伸指敲門聲，便立即轉過身來！

他一轉過身來，走廊上閃動的油燈火光，照在他的臉上，我幾乎吃驚得要高叫起來！那身披大紅神袍的人，分明是井上次雄！在那瞬間，我相信我的面上，一定充滿了驚訝，我幾乎忘記了自己定下的步驟！直到那人也是滿面驚訝的向前走了過來，我才從驚愕中醒過來。

我自己告訴自己：那人自然不可能是井上次雄，但他卻一定是井上家族中的人。

一個家族中的成員，面貌相似，這並不是什麼十分奇怪的事情，原不值得大驚小怪的。

等我明白了這一點之後，那人已來到了門口，只見他以十分熟練而迅速的手法，擎了一柄手槍在手，喝道：「誰在裏面？」

我和納爾遜先生兩人，都屏住了氣息，一聲不出。

那人既是井上家族中的人，那麼當然是月神會之大首腦之一，如果能將他制住的話，那實是太理想了，那人喝了一聲之後，一步便跨了進來。

我一見那人跨了進來，雙足一彈，身子已待向地疾撲而出！

但是，在我的身子，還未曾撲出之際，那人卻又立即向後退了開去，又喝道：「誰在裏面？」

我和納爾遜先生互望了一眼，都不出聲。

那人面上現出了猶豫之色，但他究竟是一個十分精明的人，竟不再走進來，只是欠身伸手，握住了門把，想將門關上。

我那時候，正在門後，心想如果給他們將門關上的話，那我們便再沒有機會擒住他了！

因之，就在他握住了門把，將門拉上之際，我的身子一側，肩頭狠很地向那扇門撞去。

那一撞，發出了「砰」地一聲響，那扇門也以極快的速度，向外關去，幾乎是在同時，我又聽到了那扇門撞倒了那人的聲音！

我不等門關上，一伸手，便已拉開了門來。

那人倒在走廊上，正待爬起身來，但是我也已經趕了出來。

那人一見了我，一伸手，便去抓跌在地上的手槍，在他的五指，剛一觸及那柄小手槍之際，我的右腳，已及時趕到，重重地踏在他的手背之上！

那人悶哼一聲，他的身子，突然出乎意料之外地翻了起來，兩腿一伸，已挾住了我的頭頸，我的身子被他兩腿之力一扳，不由自主，也跌倒在地。

我確是未曾料到對方的身手居然這樣矯捷，我一倒地之後，頭部仍被他雙腿緊緊地挾着，不能動彈，但我的雙手卻是可以活動的，我一掌切在他的小腹之上，那人又是悶哼了一聲，雙腿鬆了開來，我就勢一頂，又在他的小腹之上，撞了一下。

那一下，撞得那人的身子，猛地挺了一挺，怪叫了起來！

他的叫聲，在冷靜的走廊中聽來，極其響亮驚人，我吃了一驚，當胸將他提了起來，一拳將之擊昏。

這時，在走廊上的兩端，都可以聽到有腳步聲傳了過來，我拖了那人，回到儲物室中，才一進室，納爾遜先生便要向外衝去。

我忙道：「你做什麼？」

納爾遜道：「你忘了拾起他的手槍。」

我將那昏了過去的人，向納爾遜一推，準備竄出去將那柄手槍拾了回來，但是已經來不及了，走廊的兩端，都已經有人出現了。

納爾遜先生忙將我拉住，輕輕地關上了門。

我湊在鎖匙孔中，向外看去，只見奔到門前，約有四五個人。

他們的面上的神色，俱皆十分驚訝，一個道：「剛才好像是井上長老在叫。」

另一個道：「是啊，他何以突然不見了。」

又有的道：「難道井上長老德高，修煉成功，已經飛升到月亮上去，成了月神了麼？」

眾議紛紜間，又有人叫道：「看，這是井上長老的佩槍。」

來人靜了片刻，有一個道：「井上長老已出了意外，我們快去報告！」

這時候，昏了過去的井上長老也已醒了過來，但是他卻一聲也不敢出，因為，納爾遜的快槍，正對準了他的心窩。

我看到那些人匆匆離去，便來到了井上長老的面前，道：「井上先生，你應該知道你自己的處境了。」

井上長老的面色如何，在黑暗中，看不真切，但他的聲音，卻還十分倨傲，道：「要明白自己的處境的，不是我，而是你們！」

我笑了起來，道：「不錯，我們是在虎穴之中，但是我們擒住了虎首，閣下以為是誰該考慮他的處境呢？」井上長老不再出聲。

我向外傾聽着，走廊外又有人聲和腳步聲傳了過來，那些人自然是來找井上長老的。

或許是由於這間儲物室從來也沒有人來的緣故，竟沒有人想打開門來看一看，亂了片刻，人又慢慢地散了開去，我才道：「井上先生，你可以發問題了。」

我不先向他問問題，卻叫他先向我發問，那是要試一試他是否知道我們的來歷。

但井上長老也十分奸猾，道：「我有什麼好問的？你們要什麼？」

納爾遜先生沉聲道：「衛，別耽擱時間。」

我立即道：「井上閣下，為了你自己的安全，你必須回答我們兩個問題。」

井上長老「嗯」地一聲，我道：「被你們綁了來，硬要他作飛行表演的方天在哪裏？」

井上長老呆了片刻，道：「他正在三樓的長老室中，受着十分優渥的待遇。」

我立即又問道：「佐佐木季子呢？」

井上長老怒道：「不行，她不行。」

我呆了一呆道：「什麼叫『她不行』？」

井上長老道：「她是我們選定的聖女，在即將召開的信徒大會上，她要赴海去和海底之神，傳達我們的信仰，照例不能見外人的！」

我聽了井上長老的話，心中實是憤怒之極！

這是二十世紀六十年代，但這干畜牲居然還以人命來渲染妖氣，以達到他們騙人之目的！

我想起佐佐木博士之死，這些人的愚行，已害了一個最傑出的醫學家，而且還要害不知道多少人，我實在忍不住，手揚處，「叭叭」兩聲，便在井上長老的面上，重重地摑了兩掌！

那兩掌我下手極重，井上長老一聲呻吟，大着舌頭道：「妄觸長老聖體的人，手臂定當折斷。」

我本來摑了他兩掌，氣倒也出了一些，一聽得他這樣的說法，我氣又往上衝，道：「反正是斷，我摑多兩掌再說！」

我話一說完，又是兩掌摑了過去！

那兩掌下手更重，我聽得他口中牙齒鬆動的聲音，我的手背上，也濺了熱血。我把手背上的血，抹在他的衣服上，又問道：「佐佐木季子在哪裏？」

井上長老屈服了，也不再說什麼「聖體」不「聖體」了，他的語言已是含糊不清，道：「她在頂樓的聖女室中。」

我問道：「這兩個地方有守衛的人麼？」

井上長老道：「自然有的。」

我道：「好，你是月神會的長老，一定有辦法可以使我們順利進入這兩間房間的。」

井上長老道：「我沒有辦法。」

我冷冷地道：「你的臉上，我如果再摑上兩掌的話，你將會十分難看。」

井上長老呆了半晌，才道：「我可以將長老的信符交給你們。」

我問道：「有了長老的信符，我們就可以通行無阻了麼？」

井上長老道：「只有長老，才能盤問持有長老信符的人。」

我道：「快拿來。」

井上長老道：「掛在我頸間的就是了。」

我自他的頸間，抽出了一條金鍊，金鍊的一端，繫着一條極大的珠子，那珠子渾圓銀白，看來就像是一輪明月一樣。就在那珠子之旁，有兩塊小小的金牌，上面鐫着些字因為黑暗，也看不真切。

我一將這件東西取到手，便向納爾遜先生揚了揚首，納爾遜先生一掌擊在井上先生的下頷上，又將他擊得昏了過去。

納爾遜將井上長老放在地上，又取出了一條手帕和一隻小瓶，將小瓶中的液體，倒了幾滴在手帕上，以手帕覆住了井上長老的口鼻。

那小瓶中的液體，散發着一陣令人頭昏目眩的氣味，連我也幾乎昏了過去。我們兩人，連忙打開了門，出了那儲物室。走廊中並沒有人，我將井上長老的信符，抓在手中，雖然有了他的信符便好得多，但若遇到了月神會中的長老，一樣可以向我們盤問。

我們小心向前走着，到了三樓一扇門前，有兩個胖子守着，我示意他們將門打開，他們卻一動不動。我揚着信符，喝道：「你們為何不將門打開？」

那個胖子的面上，卻現出了一個狡獪的微笑來。

我不知發生什麼事，但總知有些不對頭。

我立即提高了警覺，那兩個胖子道：「這門的鎖匙，只有長老才有，因為這裏是長老室。井上長老請你們來，難道沒有將鑰匙交給你們麼？」

我聽了那胖子的話，不禁目瞪口呆！

那兩個胖子望着我們，更是笑得不懷好意。

我在剎那間，心中不知想了多少事，我口中立即道：「這個麼，井上長老或者是一時匆忙，所以忘記了。」我一面説，一面向納爾遜作了一個手勢。

我話未説完，身子一矮，一面向一個胖子的肚撞了過去。

而納爾遜也立即會意，他猛地揮出了一記左鈎拳，擊向另一個胖子的下頷！

我們各自的這一下突襲，出手奇快，都擊中了對方。但是那兩個胖子卻是非同小可的人物，被我撞中肚子的那胖子，只是身子向後退出了一步。

而中了納爾遜先生左鈎拳的那一個，卻連身子也未曾晃動一下，反倒咧嘴向納爾遜笑了一笑！

本來，我們是打算一出手，便將這兩人擊倒，再設法去開門，但如今，這個計劃顯然是行不通了。和我對敵的那個胖子，只是望着我，卻並不還手，而另一胖子，卻已跳動他山一樣的身軀，向納爾遜先生猛地撲了過去。納爾遜先生一閃閃開，我疾聲道：「速戰速決！」我一面説，一面已將手伸入了袋中。

我一伸手入袋，立即握住了那柄連發手槍。

我並不是喜歡隨便殺人的人，這是我一直不攜帶現代武器的原因。

但是眼前的情形，卻逼得我必須用手槍了，因為那兩個胖子的身手如此之高，納爾遜先生避開了那胖子的一撲，已是十分狼狽。

再加上這兩個胖子，既然身為月神會長老的守衛，平日一定作惡多端，我們良心上也不必有什麼負擔。我的手才一握上手槍，便聽得「砰」地一聲槍響。

那一響槍聲，自然是納爾遜先生在聽到了我的話之後發出來的。

我向那胖子看了一眼，只見那胖子手按在胸前，指縫間鮮血迸流，面上露出不可相信的神色來，身子居然仍兀立不動。

我一面向那胖子看去，另一方面，已經在衣袋之中，扳動了槍機。

我的那下槍聲，和納爾遜先生的那下，幾乎是同時發出來的。

我根本不必去察看我是否打中，因為槍聲才起，我便聽到另一個胖子的倒地之聲！

我抽出槍來，向門鎖放了一槍，踢開了門，道：「納爾遜，你去救方天，我守在門口！」

三下槍響，在走廊之中，蕩漾不已，有三扇門打了開來，走廊的兩端，更有七八個人飛奔而來。

在那樣的情形之下，想要憑井上長老的信符作護身符，已是沒有可能的事了。

我向天連放了五槍，已向前奔來的人，一齊退了開去，但立即也有槍聲向我發來。我身子一縮，進了長老室，立即將門關上。

我才將門關上，立即身子向旁跳去，而我尚未落地，一陣槍聲過處，那扇門上，已出現了十七八個小孔，我回過頭來，只見納爾遜先生握住了方天的手臂，正站在窗口旁。

方天見了我，蒼白的面上，才現出一絲的笑容來，道：「我早知你會來的。」

我立即道：「你別高興太早了——納爾遜，窗外可有出路麼？」

在我講這句話的時候，外面的槍聲更加密集了，我又向外面連發了三十多發槍彈。

那連發手槍的威力，使得走廊之上，響起了一陣怪叫聲。納爾遜先生在這時候，已經推開了窗子，探頭向外看去，道：「外面是海。」

我也退到了窗邊，道：「那是我們唯一的去路了！」

方天向外張望了一下，驚叫道：「從這裏下去？」

我點頭道：「不錯，你可以做得到的。」

方天一隻手按在窗框上，在簌簌發抖，時間已不容許我們再多作考慮了，我一聳身便翻出了窗子。

也就在我翻出窗子的同時，只聽得鄰室有窗子打開的聲音，我連忙將身子緊貼着牆壁，以一隻手支撐着全身，向左右各發了幾槍！

在我左右的窗口，都有人中槍，向下落下去。

我向下一看，只見那兩個人，扎手扎腳，竟跌進了海中去！

在我的想像之中，如果從窗口直接跳下去的話，一定會跌在岩石上面腦漿迸裂的，但是那兩個人卻跌進了大海之中！

這給了我一個啟示，那就是說，如果我們也撲出窗子的話，也可以跌進大海之中！

那樣，我們便可以不必攀牆到了地上，再奔到峭壁之旁而跳海了。

事實上，我們想要爬下去，幾乎是沒有可能的事情了，因為整座古堡的窗子，幾乎都已打了開來，我們只有一試「空中飛人」了！

我連忙道：「你們看到了沒有？我們跳出去，放鬆肌肉，不要掙扎，那麼便可以像那兩個中槍的人，躍進了大海之中了！」

方天結結巴巴地道：「不……不……不行……」

但是，他一句話沒有講完，我早已托住了他的腰部，向窗子外猛地一送，叫道：「放鬆肌肉！」

方天的身子向下落去，我只聽得許多窗子中發出了「飛人」的呼叫之聲。

我和納爾遜先生兩人，緊接着向外，躍了出去！

在我們的身旁，子彈呼嘯着掠過，幸而是在黑暗之中，要不然，我們下墜之勢雖快，一定快不過槍彈的！

這時候，我們所冒的險是雙重的，因為我們極可能撞在岩石之上！

徼天之幸，我們三人，總算先後落到了海中，方天緊緊地握住了我的手，看他的情形，已經嚇得六神無主了。

我吐出了口中的海水，道：「我們先游開這裏，再設法出水雷陣。」

納爾遜先生領頭向外游去，我帶着方天跟在後面，我們向前游出了約莫三十多碼，便發現了一個岩洞。納爾遜先生回頭向我望來，我道：「游進去再說！」

不到五分鐘，我們三人，都已經游進了那個岩洞，納爾遜先生按亮了他那隻防水的袖珍型電筒，在淡淡的光芒之下，只見那岩洞極是深邃，水是漆黑冰冷的，但岩洞卻十分高，有着可供我們棲身的岩石。

我估計，就算潮漲到最高的話，我們也不致於被海水淹沒的。

我們三人，拖着濕淋淋的身子，爬上了岩石，方天伏在地上喘氣，我和納爾遜兩人，相視苦笑，檢查着武器。

因為我們知道，月神會中的人，是隨時隨地會來尋找我們的！

他們自然會發現這岩洞，而且也一定會進洞來檢查，如果我們的武器失靈，那我們就只好束手就擒了。

我吸了一口氣，道：「納爾遜先生，你說我們應該怎樣辦？」

納爾遜雙手一攤，道：「只有等待，我希望他們會駛一艘快艇進來，那麼，我們可以有機會奪到一艘快艇。」

我苦笑道：「你忘了水雷陣了麼？」

方天抬起頭來，這個土星上的高級生物，膽子比我們小得多，他的面色，藍得如同靛青一樣，顫聲問道：「我們……逃不出了麼？」

我道：「你身上可還有什麼秘密武器麼？」

方天道：「沒有了，我只有地球人所不知的科學知識。」

我歎了一口氣，道：「那是絕無濟於事的。我們只好等機會了。」

納爾遜先生道：「如果我們能躲到潮漲時，那或者可以有辦法了，水雷隨着潮水高漲而浮起，在海底上，一定會有空隙，可以供我們游過去。」

我點了點頭，卻又向方天望了一眼，因為我懷疑方天是不是有能力潛泳這麼久。

正在這時，突然，自岩洞深處，傳來了一陣「軋軋軋」的聲音！

不要說是方天了，便是我和納爾遜兩人，突然聽到了這一陣聲音，也相顧失色！

我們只當，月神會的人，就算追尋而來，也一定是由外面進來的，卻想不到岩洞之內，也會有這樣的聲音，傳了過來。

我一拉方天，和納爾遜迅速地閃到石壁之前，盡可能將身子隱了過來。只聽得那「軋軋軋」的聲音，斷斷續續地響了約莫十來分鐘，便停了下來。

我將聲音壓得最低，問道：「納爾遜，你聽這是什麼聲音？」

納爾遜先生的兩道濃眉，緊緊地皺在一齊，道：「奇怪，那像是風鎬的聲音，但發動風鎬，要強大的電力，為何又聽不到發電機的聲音？」

我道：「電源一定是由地面上引下來的了？」

納爾遜先生道：「你再看仔細，這岩洞的入口處，可有電線麼？」

方天在這時候忽然插言道：「發電機是裝置在水下面的。」

我和納爾遜先生兩人，一齊向他望去，他指着水面，道：「你們看，岩洞中的水，在微微地震盪，這便是發電機在水下震盪的結果，從水面波紋的擴展速度來看，我還可以推測出，那發電機是在離這裏約七十公尺的水面之下。」

所。」

我和納爾遜先生互望了一眼。這時候「軋軋軋」聲音又響了起來。

納爾遜先生道：「那一定是月神會想在岩洞之中，建造什麼秘密的場所。」

我搖了搖頭，道：「聽風鎬聲，只有一柄，那不可能是大工程。」

納爾遜道：「不管他是大工程小工程，裏面既然有人，我們過去看看。」

我點了點頭，我們三人，在岩洞之中，向前走去，走出了三十來步，我們已必須涉水了，水最深之處，幾達腰際！

「獲殼依毒間」——無形飛魔

第二十一部

但在轉了一個彎之後，我們又可以在岩石上行走，而在轉了第二個彎之後，我們便停了下來。

在我們前面，出現了燈光！

我們立即縮了回來，我和納爾遜先生，探頭向前面望去，一時之間，弄不清楚我們所看到的情景，是真是幻！

只見有兩盞約有一百支光的電燈泡，掛在石壁之上。

在燈光的照耀之下，我們看到了三個人。

那三個人都是年輕人，但是他們的頭髮和鬍鬚之長，就像是深山野人。其中一個，持着一柄風鎬，正在石壁上開洞。

在一塊岩石之上，凌亂地堆着如下的物事：三條草綠色的厚毛氈，許多罐頭食物、一隻大箱、幾隻水杯和一隻正在燃燒着的酒精爐子，爐子上在燒咖啡。

照這些東西的情形來看，那三個人像是長時期以來，都住在這個岩洞之中的一樣，這也許是他們三人的面色看來如此蒼白的原因。

我和納爾遜兩人，都不禁呆了。

我們實在無法猜得出那三個年輕人是什麼樣人。

如果說他們是月神會中的人，在這個岩洞中進行着什麼工程，那麼，他們三個人又何必睡在這裏，生活在這裏呢？要在這樣陰暗潮濕冰冷的水上岩洞中過日子，是需要有着在地獄中生活的勇氣的！

但如果說他們不是月神會的人，那麼發電機、風鎬，以及那麼多的物品，是怎麼運進來的？他又在這裏做什麼？

我和納爾遜兩人看了好一會，納爾遜低聲問我道：「你看他們在挖的那個洞，是做什麼用的？」我早已看出，那像是用來放炸藥的，因此我便這樣回答了。

納爾遜先生是兵工學專家，他自然要比我明白，他點了點頭，道：「不錯，是用來埋炸藥的，但這個洞，已足可以藏下炸毀半個山頭的炸藥了，他們還在繼續挖掘，究竟他們要炸什麼呢？」

我道：「那只有去問他們了。」

我那句話才一出口，便一步跨向前去，轉過了那個石角，手持我的手槍，大叫道：「哈囉，朋友們，舉起你們的手來！」

那三個人陡地呆住了，那個持着風鎬的人，甚至忘記關上風鎬，以致他的身子，隨着風鎬的震動而發着抖，我見已控制了局面，便向前走去，可是，我才走出一步，其中一人，身子突然一矮！

在他身子一矮之際，已有一柄七寸來長的匕首，向我疾飛了過來！

那時，我離開他們只不過幾步遠近。那柄匕首來得那麼突然，我想要避開，除非我肯跳入水中，否則已經來不及了，但是我又不願在三人面前示弱，幸而那柄匕首是奔向我面門射來的，我頭略一偏，一張口，猛地一咬，已經將那柄匕首，以牙齒咬住！

匕首的尖端，刺入我的口中，約有半寸，不要說旁觀的人駭然，老實說，連我自己，也出了一身冷汗！這柄匕首沒有能傷到我，反倒有好處，因為我知道這三人絕不是月神會中的人！

因為，他們如果是月神會中的人，一見到有人闖了進來，一定會大聲喝問是什麼人，而絕不會驚惶失措到這一地步，立即放飛刀的！我一伸手，握住了那柄匕首，又道：「朋友們，不要誤會，我們是從月神會總部逃出來的，躲進這裏來的，你們是什麼人？」

那三人互望了一眼，面上現出了大是不信的神色。納爾遜先生這時，向前跨出了幾步，以他並不十分純正的日語，大聲問道：「你們想在這裏做什麼？你們想犯有史以來最大的謀殺案麼？你們可是犯罪狂？」

我們轉過了石角之後，已更可以肯定那三個人在岩石上打洞，是為了藏炸藥的了，因為我們已看到了約莫八十條烈性炸藥（TNT），遠程控制的爆炸器。

那種烈性炸藥的威力，是稍具軍事常識的人都知道的，而這三人竟準備了八十條之多，難怪納爾遜先生要這樣責問他們了。

那三人面色變得慘白，他們相互望了一眼，閉上眼睛，道：「完了，完了，我們盡了這樣大的努力，竟也不能消滅惡魔，這也許是天意了。」

我和納爾遜先生兩人，聽了那三人的話，心中又不禁一奇。聽他們的談吐，那三人似乎都是知識青年，但他們卻在這裏，從事如此可怖的勾當，這其中究竟有着什麼隱秘呢？

納爾遜先生來到了那一大箱烈性炸藥之旁，看了一眼，「哼」地一聲，道：「去年美軍軍營失竊的大批炸藥，原來是給你們偷來了？」

那三人睜開眼來，道：「不錯，正是我們。」

他們向水中指了指，道：「沉在水中的發電機，也是美軍的物資。」

納爾遜先生的聲音，變得十分嚴厲，道：「你們究竟想作什麼？」

那三人中的一個道：「你們是什麼人？我們憑什麼要向你們說？」

納爾遜先生道：「我是國際警察部隊的遠東總監！」

這是一個十分駭人的衝突，他這時講了出來，自然一定以為可以將眼前這幾個年輕人鎮住的。怎知三人一聽，突然「哈哈」大笑起來。其中一個道：「國際警察部隊？可是負責剷除世界上所有犯罪行為的麼？」

那年輕人的語音之中，充滿了嘲弄。

但是納爾遜卻正色道：「那是我們的責任！」

那年輕人又縱聲大笑起來，手向上指了一指，道：「就在你的頭頂上，有着世上一切罪惡的根源，你為什麼不設法剷除？」

我和納爾遜先生兩人，一聽到他的這句話，便知道他所說的是什麼意思了，同時，我們也有些明白這三個人是在做什麼了！

他們所指的「罪惡的根源」，自然是指月神會的總部而言。

而我們已可以肯定，從這個岩洞上去，一定是月神會的總部，而這三人想在這裏埋上炸藥，製造一次爆炸，自然是想將月神會的總部，整個炸掉！

這是何等樣的壯舉！

我心中立即為那三人，喝起采來。我大聲道：「好，你們繼續幹吧！」

納爾遜先生大聲道：「不行，這是犯罪的行為。」

我立即道：「以一次的犯罪行為，來制止千萬次的犯罪行為，為什麼不行？」

納爾遜先生轉向我：「是誰給你們以犯罪制止犯罪的權利？」

我絕不甘心輸口，立即道：「先生，那麼又是誰賦於你這樣權利的呢？你是人，他們是人，你們都不願見到有犯罪的行為，所以你們都在做着，為什麼你能，他們便不能？」

我這一番話，多少説得有些強詞奪理，但納爾遜一時之間卻也駁不倒我！

那三個年輕人想是想不到我們竟會爭了起來，而且我又完全站在他們一面。

他們三人，互望了一眼，其中一個，走前一步，向我深深地鞠了一躬，道：「我們感謝閣下的支持，但我們卻同意那位先生的見解，我們是在犯大罪，但我們早已決定，在爆炸發生時，我們不出岩洞，和惡魔同歸於盡，這大概可以洗刷我們本身的罪了。」

我和納爾遜兩人，聽得那年輕人如此説法，不禁聳然動容！

我連忙大聲道：「只有傻瓜才會這樣做。」

那年輕人卻並不回答我，道：「我們所要求三位的是，絕不要將在這裏看到的一切，向外人提起一字，以妨礙我們的行動。」

我忙道：「你們做得很好，但你們絕不必和月神會總部，同歸於盡！」

那三人一齊搖頭，道：「我們三個，是志同道合的人，我們一家，全都死在月神會兇徒之手，我們籌劃了一年多，才想出這樣一個報仇的辦法來，而我們如今還活着，只不過是為了報仇，等到報了仇之後，我們活着還為了什麼？」

這是可怕的想法，也許只有日本人受武士道精神的影響，太深了一些！

我老實不客氣地對納爾遜先生道：「先生，這三位年輕人所從事的，是極其神聖的工作，你不是不知道月神會非但在日本，而且在遠東地區的犯罪行為，但你們做了些什麼？」

正因為我和納爾遜已是生死相交的好朋友，所以我才能這樣毫不客氣地數説他。

納爾遜先生歎了一口氣，道：「我覺得慚愧。」

那三人高興道：「那你們已決定為我們保守秘密了？」

我點頭道：「自然，但我建議你們三人之中，應該有一個在岩洞口望風，而且，你們大可不必——」

那三個年輕人不等我講完，便道：「你的好意，我們知道了。」

我自然沒有法子再向下説去，我一拉方天，向納爾遜先生招了招手，道：「我們退出去吧。」

那三人中的一個道：「咦，你們不是要逃避月神會的追尋麼？」

我道：「是啊。」

那人道：「可是你們退出去，卻是月神會的水域，沿着月神會的總部，成一個半月形，是布有水雷的！」

我道：「我們知道，但還有什麼辦法麼？」

那年輕人突然笑了起來，指了指堆在石上的東西，道：「這一些東西，你們以為我們是通過水雷陣而運進來的麼？」

我聽出他話中有因，心內不禁大喜，忙道：「莫非還有其他的出路麼？」

那年輕人道：「不錯，那是我們花了幾個月的功夫發現的。」

我們三人一聽，心中的高興，自然是難以言喻，忙道：「怎麼走法？」

那年輕人道：「那條通道，全是水道，有的地方，人要伏在船上才能通過去，你們向前去，便可以發現一隻小船，在停着小船的地方起，便有發光漆做下的記號，循着記號划船，你們便可以在水雷陣之外，到了大海。但離月神會的總部仍然很近，你們要小心！」

我忙道：「那小船——」

可是，那年輕人已知道了我的意思，道：「不必為小船擔心了，我們至多還有兩天工作，便可以完成了，現在，我們已為即將成功而興奮得什麼也吃不下，不需要再補充食物，小船也沒有用了！」這三個年輕人，竟然存下了必死之心！

我和納爾遜兩人，不再說什麼，一直不出聲的方天，這時突然踏前一步，道：「你們是我所見到最勇敢的三個地球人，在我回到土星之後，一定向我的同類，提起你們來！」

那三個人一怔，突然笑了起來，道：「先生，你是我們所見到的最幽默的土星人！」

他們在「土星人」三字之上，加重了語氣，顯然他們絕不信方天是土星人！

方天也不再說什麼，我們三人，向前走去，只聽得身後，又傳來「軋軋」風鎬聲，他們又在開始工作了。納爾遜先生轉身望了幾眼，道：「衛，你說得對，剛才我是錯了。」

我歎了口氣道：「我們竟未問這三人的名字，但是我相信他們不肯說的。」

納爾遜道：「這三人不但勇敢，而且要有絕大的毅力。」

我補充道：「在美軍軍營中偷烈性炸藥，又豈是容易的事？他們還要有極高的智力才行！」

我們説着，已向前走出了二十來碼，果然看到，在一個綠幽幽的箭嘴之旁，我們三個人上了小木船，已是十分擠了。

我們取起船上的槳，向前划去，一路之上，都有箭嘴指路，在黑暗中曲曲折折，約莫划了一個來小時，有幾處地方，岩洞低得我們一定要俯伏在船底，才能通向前去！

一個多小時之後，我們已可以看到前面處有光線透了進來。

沒多久，小船出了岩洞，已經到了海面之上。我們三人，都深深地吸了一口氣！

方天在吸了一口氣之後：「有一件事，或許我不該提起。」

我道：「我心中也有着一件難題。」

納爾遜接着道：「我知道你們所想的是什麼，因為我也在為這件事而困擾着。」

我沉聲道：「佐佐木季子！」

他們兩人也齊聲道：「佐佐木季子！」

我們三人互望了一眼，接下來的便是沉默。

我們都知道，佐佐木季子在月神會的總部之中。而三天之內，月神會的總部，便會遭到致命的爆炸。照那三個年輕人挖掘的那個大洞，和他們所準備的烈性炸藥看來，那爆炸不發生則已，一發生的話，月神會總部可能連一塊完整的磚頭都找不到！

當然，這時，連納爾遜先生也已經默認了月神會總部那些人，是死有餘辜的，但是佐佐木季子，卻完全是無辜的！

她被月神會所困，自然絕無理由成為月神會總部的陪祭。

但是我們三個人固然都知道這一點，卻又沒有出聲的原因，那是因為我們心中，同時都想着，如何再救她出來呢？

方天自己本身，他還是剛被我們救出來的人，雖然他來自土星，智慧淩駕於任何地球人之上，但是這卻並不是「想」的事情，而是要去做的，方天自然不會有辦法。

而我和納爾遜兩人，所經歷的冒險生活雖然多，但回想起剛才在月神會總部，將方天救出來的情形時，心中仍是十分害怕。

而且，若是再要闖進月神會的總部去救人，那不是有沒有勇氣的問題，而是根本無法做到的事！

我們三人之間的沉默持續着，方天雙手突然捂住了臉，道：「我慚愧，我對一拯救季子，竟一點辦法也沒有。」

納爾遜歎了一口氣，摸着下頷應該剃去的短髭。我昂首向天，呆了片刻，道：「季子不知是不是能夠離開月神會的總部？」

納爾遜望着我，道：「你這話是什麼意思？」

我自己也覺得，因為我想得十分亂，所以講出話來，也使人難懂。

我補充道：「我的意思是，就算在月神會頭目的監視之下，只要使季子在這三天中，離開月神會總部，那麼她就不會在爆炸中身死了。」

納爾遜先生苦笑道：「我想不出有什麼辦法來。」

我也想不出辦法，我們三人，已經離船上岸了，但是仍然沒有人講話，尤其是方天，更是垂頭喪氣。

我們在崎嶇不平的路上，慢慢地走着，陡然之間，方天昂起頭來。

他的面上，現出了極其駭然的神色，眼球幾乎瞪得要突出眼眶來，他的面色，也變成了青藍色。

他本來是望天空的，但是他的頭部，卻在向右移動，像是他正在緊盯着空中移動的一件物體一樣。我和納爾遜兩人，都為他這種詭異的舉動，弄得莫名其妙，我們也一齊抬頭向上看去。

天色十分陰霾，天上除了深灰色的雲層之外，可以說絕無一物。

但是方天的頭部，卻在還繼續向右轉。右邊正是月神會的總部，那古堡建築所在的方向。

我忍不住重重地在方天的肩頭上拍了一下，道：「你看什麼？」

方天面上的神色，仍是那樣駭然，道：「他去了——他去了！」

我大聲道：「什麼人去了，誰？」

方天道：「他到月神會總部去了，他『獲殼依毒間』！」

這不是我第一次聽到那五個字了。

那五個字究竟代表着什麼，我一直在懷疑着，而當方天在這時候，繼他那種怪異的舉動，又講出這五個字來時，我的耐性，也到了頂點。我沉聲道：「方天，那五個字，究竟是什麼意思？」

方天低下頭來，向納爾遜先生望了一眼。

我立即道：「方天，納爾遜先生已經知道你是來自另一個星球的人，這一點，絕不是我告訴他，而是他自己推論出來。」

在片刻之間，方天的面色變得十分難看，但是不到一分鐘，他便歎了一口氣，道：「就算納爾遜先生不知道，我也準備向他說了。」

我知道，那是納爾遜和我一齊冒着性命危險去救他，使他受了感動之故。

納爾遜先生顯然也對方天怪異的舉動，有着極度的疑惑，他忙道：「你剛才看到了什麼？是什麼向月神會總部去了？」

方天想了一想，道：「那……不是什麼……」

他苦笑了一下：「我早和衛斯理説過，這件事，地球人是根本絕無概念，絕不能明白的，而且我也十分難以用地球上的任何語言，確切地形容出來。」

我苦笑道：「我們又不通土星上的語言，你就勉為其難吧。」

方天又想了片刻，才道：「你們地球人，直到如今為止，對於最普通的疾病傷風仍然沒有辦法對付。那是由於感染傷風的是一種細小到連顯微鏡也看不到的過濾性病毒——」

我不得不打斷方天的話頭，道：「和傷風過濾性病毒有什麼關係？」

方天抱歉地笑了一笑，道：「我必須從這裏説起，地球人染上了傷風，便會不舒服，大傷風甚至於還可以使人喪生，但是過濾性病毒雖小，還是有這樣的一件物體存在着的，然而，在土星的衛星上，所特有的，那被土星人稱之為『獲殼依毒間』的東西，實際上絕沒有這樣一件物體的存在……」

我和納爾遜先生兩人，愈聽愈糊塗。

方天則繼續地道：「那類似一種腦電波倏忽而來，倏忽而去，但是它一侵入人的腦部，便代替了人的腦細胞的原來活動，那個人還活着，但已不再是那個人，而變成了侵入他體內的『獲殼依毒間』！」

我和納爾遜先生兩人，漸漸有點明白了。

我們兩人，同時感到汗毛直豎！

我嚥下了一口口水，道：「你的意思是，那只是一種思想？」

方天道：「可以那麼説，那只是一種飄忽來去的思想，但是卻能使人死亡，木村信工程師便是那樣，他其實早已死了，但是他卻還像常人一樣的生活着，直到『獲殼依毒間』離開了他，他才停止了呼吸。」

納爾遜先生輕輕地碰着我。

我明白納爾遜的意思，納爾遜是在問我，方天是不是一個瘋子。

我則沒有這樣的想法，因為木村信的情形，我是親眼見到的。

方天歎了一口氣道：「科學的發展，並不一定會給發展科學的高級生物帶來幸福，在土星上，就有這樣的例子了。」

我問道：「你的話是什麼意思？」

方天道：「土星人本來絕不知道就在自己的衛星上，有着那麼可怕的東西的，因為土星之外，有着一個充滿着類似電子的電離層，阻止了『獲殼依毒間』的來往，但是，當土星人發射了第一艘太空船到衛星，而太空船又回到了土星上，整個土星的人，歡騰若狂，慶祝成功之際，『獲殼依毒間』也到了土星上！」

「在短短的三年之中，『獲殼依毒間』使土星上的人口，減少了三分之一，科學家放棄了一切，研究着人們離奇死亡的原因，這才發現是那麼一回事！」

我吸了一口氣道：「結果，想出了防禦的辦法？」

方天道：「不錯，土星的七個國家，合力以強力帶有陽電子的電，衝擊衛星，使得衛星上的『獲殼依毒間』消失，但是正像地球人不能消滅病菌一樣，已經傳入了土星的，我們只可以預防。」

我想起了方天和我一齊到工廠去見木村時，給我戴的那個透明的頭罩，道：「那透明的頭罩，便是預防的東西麼？」

方天道：「是，那種頭罩，能不斷地放射陽電子，使『獲殼依毒間』不能侵入，就像地球人一出世便要種卡介苗一樣，土星人一出世，便要戴上這樣的頭罩，直到他死為止。」

（＊一九八六年按：卡介苗是預防肺結核病的，不知什麼時候開始，已經不必再注射了。）

方天苦笑道：「這可能是我們的太空船帶來的。納爾遜先生，這是地球人真正的危機。」

納爾遜先生還不十分注意，道：「為什麼？」

方天道：「像細菌一樣，『獲殼依毒間』是會分裂的，而且分裂得十分快，但必須在它侵入人腦之後，就算我們太空船帶來的，只是一個能侵入人腦的『獲殼依毒間』，但經過了這許多年，已經分裂成為多少，我也無法估計了。」

我失聲道：「這樣下去，地球人豈不是全要死光了麼？」

方天道：「或則沒有一個人死，但是所有的人，已不再是他自己，只是『獲殼依毒間』！」

我的心中又泛起了一股寒意，納爾遜先生的面色也為之一變。

方天又道：「或者事情沒有那麼嚴重。『獲殼依毒間』在侵入土星人的腦子之後，因為和土星人腦電波發生作用，所以當離開的時候，原來的一個，便分裂為兩個——」

我連忙道：「你的意思是，地球人的腦電波弱，那麼他便不能分裂為二，來來去去只是一個？」

方天道：「也有可能，如果是這樣的話，那麼地球上只不過多了一個來無影去無蹤的兇手而已。『獲殼依毒間』並不是經常調換它的『寄生體』的，那為禍還不致於太大。」

我以手加額，道：「但願如此！」

在聽了如此離奇而不可思議的敘述之後，我忽然發覺自己，變得神經質起來了。

納爾遜先生道：「方先生，那種東西在空中移動的時候，你看得到麼？」

方天搖頭道：「事實上，根本沒有東西，只是一種思想，我怎能看得到？我只不過是感覺得到而已。它是向月神會總部去了，我感覺得到，它便是離開了木村信的那個，如今，當然又是去找新的寄生體去了。」

我和納爾遜先生互望了一眼。我們的心中，有着相同的感覺。那便是，方天雖然已盡他所能地在闡釋着「獲殼依毒間」是怎麼一回事，但是我和納爾遜這兩個地球人，確如他所說，是沒有法子接受這樣一件怪誕的事的。

方天顯然也看出了這一點，他攤了攤手，道：「我只能這樣解釋了。」

我道：「我們多少已有些明白了。」

我們一面說，一面仍在向前走，這時，已經上了公路了。

由於月神會總部是建築在臨海的懸崖之上的，所以我們到了平坦的公路上回頭再向月神會總部所在的方向望去，反而可以看到那座灰色的古堡型的建築，正聳立在岩石上。

方天轉過頭去，望着遙遠的月神會，面部肌肉，僵硬得如同石頭一樣，我和納爾遜兩人，都不知道他在做什麼。

方天的古怪玩意兒，實在太多了，問不勝問，我們本來，也不準備問他。

可是，他維持着那種怪異的情形實在太久了，而我們三人的衣服還是濕的，就這樣呆在公路旁邊，月神會中的人來來往往，一被發現，便是天大的麻煩，使得我們不能不問。

我推了推方天，道：「你又在做什麼了？」

方天的面色，十分嚴肅，以致他的聲音，也在微微發顫，道：「我覺得，有人在欺騙我們。」

我吃了一驚，道：「什麼人？」

方天道：「那三個年輕人。」

納爾遜先生連忙地道：「他們欺騙了我們什麼？」

方天又呆了片刻，突然跳了起來，大聲道：「不是三天之後，而是現在！現在！」他一面大叫，一面身子向前，疾奔了出去。

我和納爾遜先生，在一時之間，還不明白方天是在怪叫些什麼！

但我們立即明白了。

第二十二部

火箭基地上的鬥爭

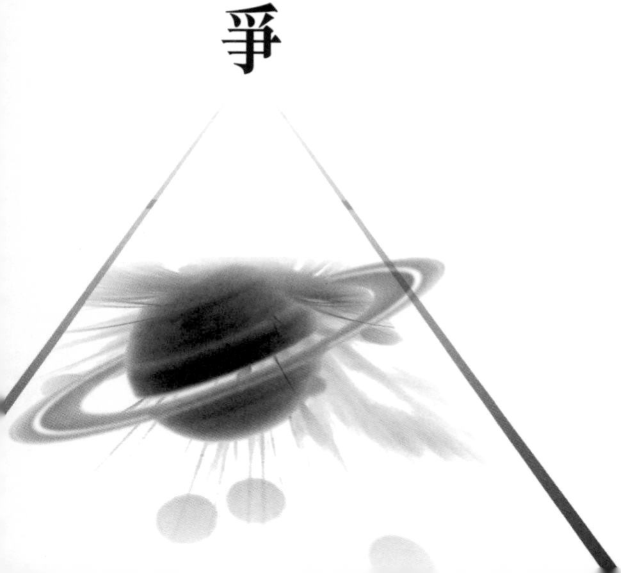

方天向前，奔出了只不過七八步，突然，首先是地面，猛烈的震動了起來，我和納爾遜先生，以及正在向前奔走的方天，都跌倒在地上。

接着，我們看到路面上，出現了一道一道的裂痕，再接着，我們便看到月神會總部所在的懸崖，動搖了起來，而月神會總部，那如同古堡也似的建築，卻像紙糊地一樣，迸散了開來！

這一切，都是不在兩秒鐘之內的事情。

而在這兩秒鐘不到的時間之內，一切全像是無聲電影一樣，我們人伏在地上，像睡在搖籃中的嬰孩一樣，左搖右擺，但是卻什麼聲音也沒有，那種境界，可稱奇異之極！

但一切只不過是兩秒鐘的時間，接着，聲音便來了，聲音是突然而來的，而我也只不過聽到了「轟隆隆」地一響而已。

那一響，使人聯想到了世界末日，再接着，便又是什麼都聽不到了。那又自然是我們的耳膜受了那突如其來的巨響的震盪，而變得暫時失聰了的緣故。

然而，我們雖聽不到聲音，卻可以感覺得到音波的撞擊。

我們的身子，幾乎是在地面上滾來滾去，而路面的裂縫，也愈來愈大，在那樣的情形之下，我們三人，為了保護自己，都顧不得向前看去，千百煙柱之中，不要説月神會總部，連那一幅峭壁，都不見了。我們三人相繼跳了起來，方天還要繼續向前奔去，我和納爾遜兩人，向他追了上去，但方天只奔出了幾步，便停了下來！

他又抬頭向天，怪聲叫着。他是以土星上的語言在咒罵着，我們一點也聽不懂。

他並沒有罵了多久，便頹然在路面上，坐了下來。我和納爾遜到了他的身邊，他抬起頭來，面上全是淚痕，道：「不是那三個年輕人騙我們，而是『獲殼依毒間』找到了他們三人之中的一個，作為寄生體。」

我不明白，道：「那就怎麼樣呢？」

方天道：「本來，他們是準備在三天之後再爆炸的，但其中一人的思想，已為『獲殼依毒間』所替代，那怪物大約覺得現在就爆炸十分好玩，所以便將爆炸提前了，可憐季子……」

我歎了一口氣，道：「方天，你不必難過了。」

方天嗚咽着，道：「我本來想將季子帶回土星上去的。」

我道：「那你更不必了，地球人的生命，在你看來，是如此地短促，你帶她去作什麼？」

方天長歎了一聲，站了起來。納爾遜問道：「像剛才那樣厲害的爆炸，難道仍然不能將『獲殼依毒間』毀滅麼？」

方天苦笑道：「剛才的爆炸，可以摧毀一切有形有質的物質，但是本來是無形無質的東西，你怎能摧毀它？『獲殼依毒間』，在土星語中，是無形飛魔的意思，它如今又走了，我感覺得到的。」

我不禁苦笑，道：「地球上有了這樣一個無形飛魔，就算因為地球上的人類，腦電波十分弱，使無形飛魔不能夠分裂，那也夠麻煩了。」

納爾遜先生則更是吃驚：「如果無形飛魔侵入了大國國防工作主持人的腦中，那麼，它若是高興起來，一按那些鈕掣……」

我接上去道：「大戰爆發，地球也完了！」

方天苦笑道：「我絕不是危言聳聽，這樣的事是絕對有可能發生的，朋友們，我現在懷疑，挑起第二次世界大戰的首惡希特勒，可能也是由於成了無形飛魔的寄生體，所以才有如此才幹，要不然，一個油漆匠何能造成世界劫難？」

方天的話越說越玄，我們的心也愈來愈寒。

納爾遜先生這時，顯然也不以為方天是在說瘋話了，他沉聲道：「方先生，你必須為地球人消弭了這個禍患之後，才能回土星去！」

方天立即道：「你們對我這樣好，這是我義不容辭的事情，但是，無形飛魔不是鬼怪，我也不是捉鬼的張天師，這事絕不是憑空可以辦得到的。」

這時候，已有大批的車子和人，由公路上、田野上擁了過來，納爾遜忙道：「我們快避開，尤其我牽涉在內，事情更麻煩了。」

我也覺得納爾遜先生的話有道理，因為月神會的潛勢力是如此之大，總部雖然成了灰燼，它的潛勢力，仍不是一朝一夕所能消除的。

而我們如果被當作和大爆炸有關，那便十分討厭了。我們三人，趁人群還未曾擁到之際，便離開了公路。

不一會，我們已到了另一條小路上，在路邊的一個村落中，我們以不告而取的方式，取了三套乾衣服換上，並且還騎走了三輛自行車。

那小村落中的房子，玻璃全被震碎了，村落中也幾乎沒有人，人們一定都湧向爆炸發生之處去了，所以我們順利地出了村子，向東京進發。

我們騎着自行車，出了七八里，便來到了一個較大的鎮上，納爾遜先生用長途電話去召汽車，在汽車未曾來到之際，我們在當地警長的辦公室中休息。

到了這時候，納爾遜先生才又問道：「方先生，要在怎樣的情形之下，才能消滅無形飛魔這個大禍胎？」

方天苦笑道：「說起來倒也十分簡單，地球人倒也可以做得到的，但是要實行起來，那卻難了。」

納爾遜先生和我兩人，都不出聲。

方天道：「要準備一間隨時可以放射強烈陽電子的房間，只要將無形飛魔引進這間房便行了。」

他頓了一頓，歎了一口氣：「但是，無形飛魔是一組飄忽無定的思想，我雖然可以感覺到它的來往，卻沒有法子操縱它的去向，而且，也是當那組思想——那種腦電波離我近的時候，我才可以感覺得到，等到它去遠了，譬如說現在在何處，我就不知道了。」

納爾遜先生道：「那我們也不妨立即準備這樣的場所。」

方天想了片刻，道：「我想，無形飛魔一定不會喜歡逗留在地球上，因為在地球上，它只能是一個，而不能分裂——」

我立即明白了方天的意思，道：「你是說，它會跟你回土星去？」

方天默默點頭道：「我這樣想。」

納爾遜先生沉思了一會，我也不明白他在想些什麼，他忽然改變了話題，道：「方先生，我們回到東京，將那具太陽系航行導向儀取出來，你就可以帶着它，回到你工作的國家去了。」

方天點頭道：「是的，我的假期也快滿了，兩位……復……還有一件事……要請你們幫忙的。」

我們望着方天，方天道：「某國的土星探險計劃，是注定要失敗的，因為在火箭升空之後，我便用特殊的裝置，使得地球上的雷達追蹤儀，以為火箭已經迷失了方向，不知所終，而事實上，我則穩穩地向土星進發，回到家鄉中去。」

納爾遜先生笑道：「反正這幾年來，你也幫了那國家的大忙，似乎也抵得過了，我們決不說穿就是。」

方天感激地望了我們一眼：「我可以將沿途所見，以及我到達土星上的情形，報告給你們知道。」

我奇道：「你用什麼方法？」

方天低聲道：「地球人只知道無線電波可以傳遞消息，卻不知道利用宇宙線的輕微震盪，可以在更遠的地方通消息，只不過有一個缺點，那便是宇宙線的震盪，是定向的，也就是說，我一直向土星飛去，利用宇宙線不斷向地球所發生的定向震盪，直到到了土星，你們還可以聽到我的聲音，但你們卻沒有法子回答我。」

我忙道：「你有這樣的儀器麼？」

方天點頭道：「有，在某國火箭發射基地，我私人辦公室中，便有着這樣的裝置，我請你們和我一齊前去，在我起飛之後，你們便可以不斷聽到我的行蹤的消息了，只不過由於強大的電力得不到補充的關係，那具儀器的使用壽命，不會超過八天。」

我笑道：「八天？那也足夠了，八天你可以回到土星去了吧？」

方天道：「我計算過了，從出發到到達，是二百二十一小時零五十分，那是地球上的時間，是八天缺十分，也就是說，我到了土星之後，還有十分鐘的時間，向你們報導土星上的情形。」

我問道：「方天，那麼，在那許多年中，你沒有使用過這具儀器麼？」

方天歎道：「當然是使用過的，要不然，它的壽命何止八天？然而，在我裝好之後，雖然有宇宙線的震盪經過土星，傳到儀器的傳話裝置上，然而，卻是雜亂而無系統的。」

我自然不會明白那麼高深的事，納爾遜先生道：「莫不是土星上發生了戰爭吧？」

方天道：「不會的，土星人的觀念，和地球人不同，我們製造武器，但不是用來打仗，而只是用來炫耀自己國家的威力和科學的進步！」

我道：「要炫耀科學的進步，何必製造武器？」

方天攤了攤手，道：「別忘記，土星上究竟有七個國家，戰爭的可能，並不是完全沒有的！」

我和納爾遜先生不再說什麼，連日來，我們都十分疲倦了，在車子還沒有來到之前，固然我們心事重重，也倚在沙發上假寐了片刻。

然後，我們一齊登上了由東京派來的車子，回到東京去。

到了東京，我們直趨納爾遜先生放置那隻硬金屬箱子的地方。

在我們向地窖走去的時候，我們三人心中都在祈禱：別再生枝節了。到了地窖中，果然沒有枝節，二十名警察，圍在那隻硬金屬箱子之旁！

方天面上露出了笑容，我看出他恨不得立即將箱子搬到那家工廠中去，將之割了開來，但我和納爾遜兩人，卻肚餓了。

我們吩咐人們將我們的食物搬來，就以那隻硬金屬箱子作為桌子，狼吞虎咽地吃着，吃完之後，納爾遜承命令準備車子，我和他兩人親自將那隻箱子搬上了車子。

納爾遜準備的是一輛由鋼甲裝備的車子，除非有大炮對準我們，否則我們的箱子，是不會失去的了。在東京市區中，有什麼人能出動大炮呢？

我和方天、納爾遜三人，就坐在那隻硬金屬箱子之上，納爾遜以防萬一，手中還握着那柄新型的連發快槍。一路上如臨大敵，到了工廠。

工廠的安全工作人員，早已接到了通知，東京警局也有高級警官派來，工廠內外更是佈滿了密探。納爾遜先生對自己的佈置，感到十分滿意，他伸手在方天的肩頭上拍了拍，道：「方先生，那太陽系統航行導向儀一取了出來，我就帶着人，護送你到機場，立即回你的工作的國度去！」

方天點頭道：「不錯，只有回去之後，這具導向儀才真的算是我的了。」

我看出他們兩人，似乎都特意避免談論無形飛魔的事情。

我自然也不在這個時候提起來掃了他們的興。

鋼甲車在工廠的中心部分，停了下來。那隻硬金屬箱子，又由我和納爾遜先生兩人，親自抬了來，進入了高溫切割車間。

當日，接受井上次雄的委託，將那「天外來物」以特殊合成法所煉成的硬金屬鑄成箱子的工作，是由木村主持的。

如今，木村信已經死了，將這隻箱子剖開的這項工作，便由這間工廠的副總工程師山根勤二來主持。山根工程師的年紀還很輕，他早已接到了通知，在車間中準備好了一切。

我和納爾遜兩人，將那隻硬金屬箱子，抬上了高溫切割車牀，我們便退了開來，戴上了配有深藍色玻璃眼鏡石棉頭罩。

高溫切割術是現代工業上最新的成就，利用高溫的火焰，可以像燒紅了的刀切牛油一樣，切開任何的金屬物體，但如果不戴上深藍色玻璃的眼鏡，那麼，當眼睛接觸那種灼亮的光芒時，眼球的組織立時便會受到破壞。

我們看到，在山根勤二下了一系列命令之後，一根扁平的長管，漸漸地向那隻硬金屬箱子移了過來。

山根勤二揮手，我只聽得「嗤」地一聲響，自那根管子之中，便噴出了火焰來。

我雖然戴着深藍色的眼鏡，但是那陣火焰的光芒，仍然使得我幾乎睜不開眼來。火焰燒在硬金屬箱子上，更迸耀起了一陣耀目的火花，我敢說任何煙花，都不如那陣高熱的，灼亮的光芒來得好看。乍一看來，像是太陽突然裂了開來，化為萬千流星一樣！

那根管子緩緩地移動着，高熱的火焰舌在硬金屬箱子上慢慢地舐過，我看到，在火焰舌經過的地方，箱子上出現了一絲裂縫。

約莫過了半個小時，山根勤二大叫一聲，由那根扁平管子噴出來的高溫火焰舌立即熄滅，在最初的半分鐘內，我們什麼也看不到，眼前只是一片漆黑。

那自然是因為剛才我們向那灼亮的火焰，注視得太久了的關係。

我立即脫下了石棉頭罩，我相信我是所有人中最早恢復視力的人。

因為其餘的人雖然也脫下了頭罩，但是，當我可以看到他們的時候，他們卻還都茫然地站着。

我向車牀走去，硬金屬箱子雖然已被剖了開來，但是還散發着令人不能逼近的高熱。

這時，其餘人的視力也恢復了，山根勤二又下令發動冷風機，使硬金屬箱子的高熱慢慢地消失。他伸手在箱子上碰了一碰之後，轉過頭來，對納爾遜先生道：「先生，我的任務完成了，箱子之內，是極厚的石棉層，那是很容易剝除的。」

納爾遜先生道：「等一會還要請閣下再將這箱子銲起來。」

山根勤二點了點頭，便帶着人退出了車間。車間中，只剩下我、納爾遜、方天以及兩個國際警察部隊的高級人員五個人。我和納爾遜，來到了車牀之前。

那硬金屬箱子，已經被齊中剖成了兩半，我和納爾遜輕而易舉，便將之分了開來。

箱子之內，是厚厚的石棉層，方天也走了過來，和我們一齊拆除着石棉層。方天的手在微微地顫抖着，那自然是由於他心情的激動，因為，只要有了這具太陽系航行引導向儀，也便能回到他自己的星球——土星上面去了！

石棉層迅速地被拆除，最後，出現了一個由尼龍纖維包裹着的物事。

方天吸了一口氣，納爾遜方生則鬆了一口氣，道：「我們成功了！」

只有我，注意到方天的面色，陡然之間，又看得近乎發藍了。我意識到事情又有變化，連忙拍了拍納爾遜的肩頭，示意他去看方天。

納爾遜一抬起頭來，看到了方天面上異樣的神色，他面色也為之一變，笑容頓時斂去，失聲道：「噢，上帝，不要！」

我立即道：「方天，什麼不對？」

方天的聲音在發顫，道：「比……這個大。」

方天指着那被尼龍纖維包裹着的物事，道：「在我記憶中，那具導向儀，似乎要大些。」

我忙道：「那一定是你記錯了。」

納爾遜道：「這何必爭論，我們立即就可以拆開來了！」他取出了身邊的小刀，將尼龍纖維迅速地割斷。被包裹在尼龍纖維中的東西露出來了。

也就在那時，車間之中，一片寂靜。

那兩個國際警察部隊的高級官員，因為根本不知道事情的來龍去脈，所以面上只是現出了十分詫異，帶些滑稽的神色。

他們心中一定在想：那樣大張旗鼓，就是為了取出這一塊大石頭麼？大石頭。一點不錯，在尼龍纖維被拆除之後，顯露出來的，絕不是什麼「天外來物」，地球人還不能製造的太陽系導航儀，而只是他媽的一塊大石頭，一塊隨處可見的花崗石！

我不知道我自己面上的神情怎麼樣，只看到方天的面色發藍，像是被判了死刑一樣。而納爾遜先生的面上神情，更是複雜，那就像一個饒嘴的孩子，將一隻蘋果，擦得又紅又亮，舐了舐嘴唇，一口咬下去，卻發現那隻蘋果原來是蠟製的之際的神情一樣。

我們三人，足足呆了十分鐘之久，我自己將事情從頭至尾想了一遍，絕想不出有什麼地方出了亂子。

這樣的硬金屬箱子，自然不可能有第二個，而這一個，就是如今被切開了的那一個！

但是，硬金屬箱子中，卻是一塊大石頭！

我最先出聲，我大聲地笑了起來！

而在我大聲笑了起來之際，方天卻哭了起來！

納爾遜先生大聲叫道：「住聲！」

我的笑聲，本來是無可奈何的情形之下迸發出來的，納爾遜一喝，我立即住聲，但方天的哭，卻是由於真正的傷心，一時之間，他如何收得住聲？

納爾遜先生大聲道：「方先生，這塊石頭，對你來說，是致命的大打擊，但是你應該相信，對我來說，這打擊更大！」

我自然知道納爾遜的意思，因為納爾遜在經過了如許曲折驚險的過程之後，卻只不過得到了一塊石頭，那實是無法容忍的慘敗！

不但納爾遜有這樣的感覺，我也有着同樣的感覺，因此我立即道：「方天，對我來說，打擊也是同樣地重！」

方天停住了哭聲道：「我們怎麼辦？」

納爾遜先生咬緊牙根道：「你問得好，在失敗之後，只要多問問我們該怎麼辦，總會有辦法的！」

他以石棉將那塊大石掩蓋了起來，揚首對一個警官道：「快去請山根工程師！」

那警官立即走出了車間，不一會，山根勤二便走了進來。

納爾遜先生道：「山根先生，我們要問你幾個問題，希望你能切實回答。」

山根勤二年輕的面上，現出了十分驚訝的神色來，道：「發生了什麼事？」

納爾遜先生道：「當這隻硬金屬箱子銲接起來的時候，你是不是在場？」

山根勤二點頭道：「在，只有我和木村工程師兩人在場。」

納爾遜又問道：「你可曾看到裝在箱子中的，是什麼東西？」

山根勤二道：「看到的——不，我不能說看到，因為我看到的，只是一種以尼龍纖維包裹着的圓形物體。」山根勤二的態度十分誠懇，使人有理由相信他所說的話。

納爾遜又道：「那麼，以尼龍纖維包裹那物體的，是什麼人？」

山根勤二道：「自然是木村總工程師。」

我和納爾遜先生互望了一眼，方天在這時候，突然叫道：「我明白了！」

納爾遜道：「你明白了什麼？」

方天的身子搖搖欲墜，道：「我完了，我完了，我只能一輩子留在地球上了！」

山根勤二和兩位高級警官，以十分奇怪的目光，望着方天，他們顯然將方天當作是神經錯亂的人了。

而我和納爾遜兩人，卻可以覺出，事態十分之嚴重。

因為方天對他自己的身分，一直是諱莫如深的，而這時，他竟然當着山根勤二等三人，叫出了這樣的話來，那可知事情的嚴重性了！

納爾遜先生忙道：「山根先生，請你將這隻金屬箱子，再銲接起來！」

山根勤二答應着，納爾遜又轉身低聲吩咐那兩個警官，道：「箱子銲接好之後，你們負責將之送到某國大使館去，說是衛斯理先生送來的。」

兩個警官立正聆聽，接受了納爾遜先生的這道命令。只要這隻箱子一送到某國大使館，我和某國大使館間的糾纏，自然也不存在了。

納爾遜一吩咐完畢，握住了方天的手，向外便走，我站在他們的後面，我們一出車間，工廠的負責人便迎了上來，笑吟吟地問道：「事情進行，可還順利麼？」

他顯然不知道事情一點也不順利，納爾遜先生含糊答應了一聲，道：「請你給我們一間靜一些的房間，並且請接線生，接通井上次雄的電話，那是緊急事件，不論他在何處，都要將他找到。」

工廠的負責人道：「木村總工程師的辦公室空着，你們可以利用，電話一接通，便通知你們。」

納爾遜先生道：「好，我們自己去好了，閣下不必為我們而麻煩了。」

木村總工程師的辦公室，我和方天兩人，都曾去過的，用不着人帶領，我們已經推開了那間辦公室的門，納爾遜先生一進門，便道：「方天，你想他作什麼？可是木村信他——」

方天不等納爾遜講完，便尖聲道：「不，不是木村信，而是——」

我也已經弄明白些了，立即接上口去，道：「是『獲殼依毒間』！無形飛魔？」

方天頹然地坐了下來，道：「我早就應該想到這一點的了，我早就應該想到這一點的了！」

我道：「你的意思，是在井上次雄將那導航儀交給木村信的時候，無形飛魔早已侵入了木村信的腦子，木村信這個人，也只是軀殼，他實際上已不存在了麼？」

方天道：「當然是這樣。」

我回想着我和木村信見面時的情形，木村信向我敘述着長岡博士的故事，竭力要證明井上家族流傳的「天外來物」乃是來自其他的星球。

而且，我還想起，木村信在提起那「天外來物」之際，曾經有幾次，神色十分不自然！木村信那種不自然的情形，我到現在還記得十分清楚，而且當時，我也曾在心中懷疑過。

如今，事情自然是十分清楚了，那便是：木村信早已知道，在那隻硬金屬箱子中的，並不是什麼「天外來物」，而只是一塊石頭——由他親手放進去的石頭！

不但我明白了這一點，納爾遜先生和方天，也都明白了這一點。

納爾遜的想法如何，我不知道，方天和我的想法，頗有不同之處。

方天認為無形飛魔早已佔據了木村信的腦子，是以藏起那具導航儀的事，事實上是無形飛魔幹的，因為木村信早已「死了」。

而我卻認為，在我第一次和木村信見面之際，木村信還是木村信自己，在那時，無形飛魔還未曾侵入木村信的身體。

將那具導航儀裝箱，是在我與木村信會面之前，所以我認為，將導航儀藏了起來，而換上石頭的，正是木村信本人。

這是我和木村信第一次見面時所得的印象。木村信不但是一個傑出的工程師，而且還是一個科學家，他接受了井上次雄的委託，將導航儀裝入箱中，但當他知道那導航儀將被長埋地下之際，他便將一塊石頭代替，而自己私自留下了那具導航儀！

木村信只當那隻硬金屬箱一運到井上家族的墳地之後，便會被立即埋在地下的，那麼，他所作的勾當，自然也永無人知了！

他做夢也想不到，那隻硬金屬箱子的經歷會如此曲折，在機場便被某國大使館的特務盜走，後來又落入了我的手中，但立即被七君子黨搶了去，接着，又轉到了月神會手中，而最後，又被我們奪了回來，剖開之後，終於發現箱中是一塊石頭！

我將我自己的見解，向方天和納爾遜兩人，詳細地說了一遍。

納爾遜也和井上次雄通了電話，井上次雄證明木村信在接受委託之際，神經十分正常。

納爾遜先生於是下令，搜查木村信可能隱藏那具導航儀的一切地方。同時，又仔細檢查他一切的私人文件，希望起回那具太陽系航行導航儀，使方天能夠回到土星上去。

檢查他私人文件的工作，進行了三天，我和方天、納爾遜三人，也直接參加了這項工作。

在這三天之中，我們檢查了和木村生前活動有關的所有紙片，包括他的洗衣單、電費單、電視收據等等在內。

但是三天之後，我們卻只能肯定，木村信的確是將那具導航儀藏起來了，但也只此一點而已。

我是在他的日記中，當硬金屬箱子銲接的那一天，木村信的日記，只是一句話：「今天，我作了一件不應該做的事；但對於全人類來說，卻又是一件應該做的事。」

木村信所謂「不應該做的事」，當然是指將大石替代導航儀裝入箱中一事了。

但是，將導航儀放到了什麼地方，以及他對導航儀作了一些什麼研究，卻一點線索也沒有留下。

接着，我們又調查了一切和木村信接近的人，也是絕無頭緒。

到了第七天，木村信家中、辦公室中，以及他可能到達的每一處地方，都作了極其周密的雷達波探索搜查，但是那具導航儀像是在空氣之中消失了一樣。

我和納爾遜先生兩人，在最後兩天，明知沒有希望的調查工作中，沮喪到了極點，但是方天卻時時呆住了一聲不出。

照方天的性格來說，他應該比我們更是沮喪才是的，但是如今，他卻比我們還鎮定，這不能不是一件怪事。到了第七天，所有的方法，都已使盡，已仍然不得要領之後，我向方天問道：「你心中可是有着什麼找尋的方法麼？」

方天點了點頭，道：「有，那是最簡單的方法。」

我和納爾遜兩人，幾乎都要罵出聲來！

在這七天中，我們頭暈轉向，動員了多少人力物力來找尋，方天自己也參加了這項工作，但是他卻藏起了一個簡單的方法不說！

我連忙問道：「什麼方法？」

方天道：「問木村信。」

納爾遜先生向我使了一個眼色。我明白納爾遜的意思，他是在向我說，方天因為受刺激太深，所以已經神經錯亂了。我沉住了氣，道：「木村信已經死了！」

雖然我竭力遏制着自己，但是我的聲音之中，仍是充滿了怒意。

方天歎了一口氣，道：「不錯，木村信死了，但是由於他曾被無形飛魔侵入腦部之故，所以他的全部記憶、全部思想，也必然被包括在那組來去飄忽的腦電波之中了！」

我和納爾遜先生互望了一眼，我們臉上的怒意開始消失了。納爾遜道：「你是說，如果我們能夠逼問無形飛魔的話，那麼，它因為有着木村信生前的記憶，所以便能將那具導航儀的所在講出來麼？」

方天頷首道：「是。」

我連忙道：「用什麼方法，可以使無形飛魔受逼問呢？」

方天苦笑了一下，道：「有兩個方法，一個是將之直接引入充滿了陽性電子的密室中，那麼，我的腦電波，便可以感到他的『說話』，便可以通過寄生體的口而表達出來了。」

我和納爾遜先生兩人，面面相覷。

這實在是太難了，方天雖然可以覺出這組倏來倏去的腦電波的來往，但也只有在接近的情形之下，方可以覺察出來。

而在地球表面、上空，多少億立方公里的空間中，無形飛魔可以自由來去，又如何能以知道它究竟在什麼地方？不要說將之引進陽電子室了，便是發現它的蹤迹，也是難上加難的事！

至於它的寄生體，地球上的人口，近四十億之多，方天難道能一個一個去看麼？就算它的寄生體永不變換，也是沒有可能的事！

方天的做法很簡單，他要將自己作「餌」，引無形飛魔來侵襲他。方天肯定無形飛魔和他一樣，也想回到土星去。所以他推斷無形飛魔會去接近那枚探索土星的火箭：地球上唯一可以到達土星的工具。納爾遜立時明白了他的意思，道：「我們回太空基地去！」

方天點着頭。看來這是唯一的辦法了。

在經過連日來的歷險之後，在飛機上，我倒反而得到了最佳的休息。方天是基地上的重要人物，一下機，就有人迎接。當車子飛駛，接近基地，我已可以看到高聳在基地上的火箭時，方天驀地震動了一下，道：「就在附近！就在附近！」

我們當然明白他説的是什麼「就在附近」！不由自主，都緊張起來。一進入基地，就有人向方天來報告説有兩個日本政要來參觀。方天神秘地説無形飛魔一定已侵入了其中的一個。

我和納爾遜先生兩人準備假扮引導員，以接近那兩個日本政要，然而當我們知道，那兩個政要的所謂「參觀」，實際上只是坐汽車來基地中繞行一匝之後，我們便取消了原意。

在基地中坐車繞行一匝，自然可以看到許多豎在火箭架上等待發射的火箭，但這種情形是任何新聞片中都可以見到的。

由此可知，這個基地中的一切，甚至對另外一個國家的政要，都是極端秘密的，我竟能夠在基地中獲得行動自由，不能不說是一種殊榮。

我們預先獲得了汽車繞行的路線，車子將十分接近土星探索計劃基地部分，那枚準備探索土星的火箭已豎在架上，是所有火箭中最大的一枚。

只有我、納爾遜和方天三人才知道，方天要坐在那枚火箭頂端部分，飛回土星去。我們就候在那枚火箭之旁，而方天一到就下令準備的那間充滿了陽電子的房間，也就在附近。

那火箭是隨時都可以飛上太空的，方天之所以遲遲不行，便是在等那具導航儀，而無形飛魔要回到土星去，當然也要利用那枚火箭，如果它的寄生體是那兩個日本政要之一的話，到時，他便可能以某種藉口而接近那枚火箭，我們自然不輕易放過它的。

時間很快地過去，到了十時十六分，一輛灰黑的轎車，由左面的方向迅速地駛來，那正是接待這兩個日本政要的車輛。

我們都緊張起來，可是方天的面上，卻現出了極其沮喪的神色。

我從車窗中望進去，可以看到車中坐着兩個日本人，和一個陪伴參觀的太空基地的官員。我連忙問道：「哪一個是？」

方天搖頭道：「兩個都不是！」

我一聽得方天這樣的說法，不禁猛地一呆，我們將全部希望，都寄託在那兩個日本政要身上，希望無形飛魔，選擇其中一人作為寄生體，那麼我們就有希望得回那具導航儀了。

可是如今，方天卻說那兩個日本政要之中，沒有一個是無形飛魔的寄生體！

這使我們的一切預料都失算了！

就在我發呆之間，汽車早已轉了彎，向前駛去了，我失聲道：「方天，無形飛魔寄生體，你是一定可以感覺得出來的麼？」

方天道：「當然可以，除非是——」

他一講到這裏，面色突然變得青藍，但只是一眨眼的功夫。

我忙道：「除非什麼？」

方天卻又若無其事地道：「沒有什麼，我一定可以覺察得到的，這兩個日本政要之中，並沒有無形飛魔的寄生體在內。」

納爾遜歎了一口氣，道：「我們又得從頭做起了。」

方天應道：「是啊，從頭做起，唉，我們先去喝一杯咖啡可好？」

我只覺得方天的態度，十分奇特，但是我又說不出所以然來。照理來說，無形飛魔如今不知道在何處，那是會令他沮喪之極的事情，但是他卻輕鬆得要去喝咖啡去了。

而如果他是有所發現，才那樣輕鬆的話，那麼，他又為什麼不說出來呢！

我還未曾回答，納爾遜先生已經道：「你們兩個人去吧，我覺得有些不舒服，需要休息一下。」

我向納爾遜望去，果然覺得他的面色，十分沮喪。我連忙安慰他，道：「我們總有可能找回那具導航儀，消滅無形飛魔的。」

納爾遜先生道：「當然是，衛，我和你在一起那麼久，你有這樣的信心，我難道沒有麼？」

我拍了拍他的肩頭，他笑了起來，我覺得納爾遜和我的交情之深，確是任何人所難以比擬的，他知我深切，我也知他甚深，我們兩人合作得再好也沒有了。

我一向不喜歡自己和警方聯繫在一起，但這時，在我們互相拍肩而笑之際，我卻有了參加國際警察部隊工作的念頭。那自然是因為和納爾遜在一起，使人覺得愉快之故。

我們向停在一旁方天的汽車走去，方天先將納爾遜先生送到了賓館休息，然後又和我兩人，走了出來。一出賓館，他的呼吸突然變得急促，急沖沖地向汽車走去，我走在他的後面，道：「方天，你急什麼？」

方天並不出聲，只是抓住了我的手。

我覺出他的手是冰冷的，冷得異様，我心知事情有異，但是我卻無法知道忽然之際，究竟發生了什麼事。我被方天拉着，來到了汽車之旁。

納爾遜先生在窗口向我揮手：「你不必要趕回來，我準備好好地睡一覺！」

我向他揮了揮手，他才縮回頭去。

方天的手發着抖，按在駕駛盤上，車子在他神經質的劇烈的動作之下，猛地跳了一跳，向前面疾衝了出去，我嚇了一大跳：「方天，你可是喝醉了酒麼？」

方天一聲不出，只是駕車向前疾駛，不一會，便又來到了那枚土星火箭之旁的他的辦公室旁，他下了車，拉着我進了他的辦公室。

進了他的辦公室，他按動了幾個鈕掣，才鬆了一口氣，我疾聲問道：「方天，你究竟在搗什麼鬼？」

方天道：「我自己的設計，強烈的高頻率電波，將在這間房子中所發出的一切聲音破壞，使得房間之外的任何人，不能用任何方法將聲音還原。」

我坐了下來，道：「我們不是喝咖啡麼？為什麼要這樣秘密？」

方天苦笑了一下，道：「喝咖啡？衛斯理，你說我有那麼好心情麼？」

我不知道土星人在受了極度刺激之後，會不會神經錯亂，但是看方天的情形，卻又的確如此，我搖了搖頭，道：「方天，我們並不是完全絕望了，你該知道這一點的！」

方天的雙手，撐在桌上，身子向我俯來，道：「衛斯理，剛才你問我，有沒有可能我覺察不到無形飛魔的寄生體，我沒有回答你，事實上，那種可能是存在着的。」

他才講了這幾句話，已經變換了七八個姿勢，而且，時時搓着手，更頻頻地望着窗外。

我不明白他這樣焦急是什麼意思，只得問道：「在什麼樣的情形之下，你便不能覺察呢？」

方天道：「當無形飛魔的寄生體，離得我極近，而且，那是我所絕對不會懷疑的一個人時，我才會不能夠覺察——，但是，給你那一問提醒了我，我終於覺察到了。」

我不禁笑了起來，道：「方天，你不會以為我已被無形飛魔侵入了吧！」

方天的聲音在發抖，道：「不是你，是納爾遜。」

我一聽得方天這樣的説法，不禁直跳了起來，毫不考慮，一拳揮出，「砰」地一拳，擊在方天的下巴之上，方天被我這一拳，打得仰天跌倒！

我可以肯定方天的神經，因為受刺激過甚，而有些不正常了！他竟説納爾遜先生已成了無形飛魔的寄生體！

這玩笑不是太卑劣一些了麼？難道剛才和我互拍肩頭，如今正在休息的納爾遜，是一個早已死了的人，而只不過由於一個不是屬於他的思想在指揮着他的行動，而當那個思想離開他時，他也會死去？

這簡直是太荒唐了！

我絕不後悔剛才對方天的一擊，而且準備在他爬起身來時，再給他一拳。方天或是看我還握着拳頭，或是他跌得太重，所以竟爬不起來，在地上，他顫聲道：「衛斯理，你必須信我，必須信我！」

我大搖其頭，道：「方天，再會了，我和納爾遜兩人，為你所作的努力，到此為止，不論你回得了回不了土星，我們兩個人，也絕不會泄露你的秘密的！」

方天的面孔，青得像是染上一層藍墨水一樣。

我意猶未足，重又狠狠地道：「方天，別忘了你實在是一個卑劣的小人，為了掩護你自己的身分，你曾害死了許多人，如今你竟然想害納爾遜，我們實在犯不着再為你這個卑劣的藍血土星人出力了。」

我一面說，一面向房門走去，握住了門把，回過頭來。

第二十三部

摯友之死

方天猛地躍去，以出乎我意料之外的速度，握住了我的手，道：「衛斯理，」等等，等一等！」

我冷笑道：「我等着幹什麼？等你再發荒謬的怪言麼？我相信即使在土星人中，你也是個十分卑劣的傢伙，或者你們土星人中，根本就沒有好人，你記得麼？你曾經謀殺過我，你再不讓我走，我也卑劣一下，要公布你的身分了！」

方天喘着氣，道：「你只管罵，但我只要你聽我講三句話，三句，只是三句。」

我冷笑一聲，道：「好，説。」

方天道：「納爾遜以為我們喝咖啡去了，是不是？」

我道：「是——一句了。」

方天道：「我們來到這裏，他是不知道的。」

我道：「廢話，他怎知你會改變主意，到這裏來對我胡説八道？兩句了。」

方天的胸口急速地起伏着，道：「所以，我料定他會接近火箭，——唉，他來了！」

我身子猛地一躍，來到了窗前，向前看去。

我果然看到了納爾遜！

納爾遜的精神看來十分好，絕沒有需要休息的樣子，他和我見過的一個高級安全人員在一起，向那枚土星火箭走去，他的手中，提着一個漲得發圓、大得異様的公事包。

我呆了一呆，方天已經顫聲道：「你看到沒有，他去了……他去了！」

我一個轉身，雙手按在方天的肩上，用力將他的身子搖了幾下，道：「方天，你要知道，納爾遜是國際警察部隊的高級官員，是我最好的朋友，他在那保安官的陪同下去檢查那枚火箭，是十分普通的事，我不許你再胡言亂語！」

方天的面色成了靛青色，他連忙道：「衛斯理，你看看清楚，他手中所提的是什麼？」

方天的這一問，我不禁答不上來。

我自從認識納爾遜以來，從也未曾見到他提過什麼公事包，而且這隻公事包，漲得幾乎成了球形，看來還十分惹眼。

但是，我仍然不相信方天的話，我一瞪眼，道：「那只不過是一隻公事包罷了！」

方天卻幾乎是尖聲地叫了出來，道：「不錯，他手中所提的是一隻公事包，然而我敢以性命打賭，公事包中一定是那具導航儀！」

我右手握拳，又已揚了起來。

但是，當我的拳頭，將要擊中方天的下頷之際，我又回頭向窗外看了一眼，納爾遜先生和那個高級保安人員還在走着，他手中的那隻公事包中，的確是放得下那具導航儀的，而且，根據外形和大小來看，也十分吻合。

我看了一眼，顧不得再打方天。

要揭開這個疑團，實在是十分簡單的事情，我只消趕上去，看看那公事包中是什麼東西就行了，何必在這裏多費疑猜？

我一個轉身，便向門外走去。

但是方天卻急叫道：「你……你到哪裏去！」

我狠狠地回答他，道：「我去看看，那公事包中，是不是放着你所說的那具導航儀？」

方天急道：「那怎麼行？」

我反問道：「為什麼不行呢！」

方天道：「你一去，它一知事情敗露，便又走了。」

我一時之間，想不起來，問道：「誰走了？」

方天歎了一口氣，道：「『獲殼依毒間』——無形飛魔！你一向前去，它定離開納爾遜的身子。衛斯理，你要想想，這裏乃是世界上兩大強國之一的太空探索和飛彈的基地，如果『獲殼依毒間』進入了一個首腦人物的腦子之中……」

方天講到這裏，我也不禁面上變色！

的確，如果「獲殼依毒間」進入了一個可以控制按鈕的高級人員腦中的話，那麼，只要有一枚紅色的按鈕被按動，有一枚長程飛彈向另一個敵對的大國國土飛去，第三次世界大戰立即引發，而世界末日，也就來臨了！

我覺得我的手心在出汗，呆了一呆，道：「那麼，照你的意思，該怎麼辦？」

我問出了這一句話之後，才想起我這樣一問，無異是承認了方天所說的話，但是我卻又根本不信無形飛魔確已侵入納爾遜的腦子，而我最好的朋友，這時雖在走着，卻已經死了，這是我絕不能相信的事！

方天道：「如今，『獲殼依毒間』還不知我們已經發現了它的寄生體，我們可以設法將他引進充滿陽電子的房間中去。」

我立即道：「這是絕行不通的，你設置那間充滿陽電子的房間之際，納爾遜也知道的，照你的說法，無形飛魔早已侵入了他的腦中，你怎能再引他進那間房間去？」

方天喘了幾口道：「在那枚火箭之上，我設計了一個太空飛行艙，那具導航儀必須裝置在那個太空艙中，納爾遜此際一定是到那個太空艙去的，而我在那太空艙中，也作了佈置──」

他講到這裏，我已經怒吼道：「你事前竟不和我商量這一點麼？」

方天道：「我那樣準備，只不過是以防萬一，並不準備使用的，怎知如今情形起了變化，我非要用到它不可了。我在那太空艙中，佈下了不少高壓的不良導體電線，只要一通電，便能產生大量的陽電子，使得『獲殼依毒間』的電波組成，遭到徹底的破壞，從此便不復存在這世界上！」我默不出聲，方天又道：「通電的遠程控制，就在這裏！」他伸手一指，指向他辦公桌上的一個綠色鈕掣。

我忙道：「那麼，納爾遜先生不是也要死了麼？」

方天道：「衛斯理，他早已死了！」

我猛地一擊桌道：「胡說，他是什麼時候死的？」

方天的語言鎮定，顯然他對他的想法有信心，道：「我是想我們在東京的時候，當我們正忙於檢查木村信的遺物之際，無形飛魔侵入了納爾遜的體內，將他當作了寄生體！」

我拚命地搖着頭，想要對這件事生出一個清楚的概念來，這個概念是十分難以成立的，試想想，要我相信和我一起飛到這個基地來，到了基地之後的幾天中又寸步不離的納爾遜，實則上早是一個死人！

方天見我不出聲，他轉過身去，在牆角的一具電視機上，按動了幾個鈕掣，電視的熒光屏上，出現了那枚火箭的近鏡，納爾遜和那高級保安官正在鋼製的架上，向上攀着。看情形，納爾遜先生確是想進入那火箭的內部。

方天又按動了一個鈕掣，電視的畫面變換着，最後，出現了一個很小的空間，那地方有一個座位，恰好可以坐下一個人，而其餘的地方，則全是各種各樣的儀表。

不久，就看到納爾遜走了進來，打開他那隻又大又圓的皮包，雙手捧着一件東西出來。

那東西，我曾在照片上詳細地研究過，但是卻始終未曾見過實物。這時，我仍未見到實物，但是在清晰的電視熒幕上，我卻可以千真萬確地肯定，這正是井上家族的祖傳珍物「天外來物」，也是土星人智慧的結晶，太陽系航行導向儀！

我的呼吸急促了起來，方天道：「你看到了沒有，你看到了沒有？」

我的聲音微微發抖，道：「這……或許是他找到了導向儀，要你有一個意外的驚喜之故。」

我雖然這樣道，但是我的話，連我自己聽來，也是軟弱而毫無説服力的！

方天道：「你看他的動作。」

我雙眼定在電視畫面上，幾乎連一眨也不曾眨過，我看到納爾遜以極其熟練的手法，在那具導航儀的後部，旋開了一塊板，伸手從那個圓洞之中，抽出十七八股線頭來。

那些線頭，在我看來，根本不知是什麼用處的，但納爾遜卻一根一根地駁接起來。

方天吸了一口氣，道：「整個地球，只有我一個人，能駁接那些線頭，除了我之外，便是『獲殼依毒間』。」

我感到一陣昏眩，連坐都幾乎不穩！

我一生之中，經過不少打擊，但是卻沒有打擊是那樣厲害的！

我的最好朋友，我的冒險生活的最好合作者，竟……竟……已不再是他自己，竟成了來自土星、莫名其妙的一個強烈腦電波的寄生體！

我緊緊地握着雙拳，身子不斷地發着抖。

方天叫道：「按！快按那鈕掣，如今是最好的時機！快！」

我雙手發着抖，那綠色的鈕掣就在我的面前，但是我卻沒有力量去按它。

因為我知道一按下去，會有什麼結果。

我只要一按下去，太空艙中，便立即產生出大量的陽電子，納爾遜立即要死了！

雖然根據方天的說法，納爾遜是早就死了，被消滅的只不過是「獲殼依毒間」，但我是地球人，我不是土星人，我實是沒有辦法接受這一點！

方天見我不動，欠過身，一伸手，便向那綠色的鈕掣按去。

在方天的手還沒有碰到那隻綠色按鈕之際，我陡地一揮手，將他的手打了開去！

方天的面色發藍，道：「衛斯理，你做什麼？」

我也不明白我是在作什麼，我已經相信了方天的話了，但是我不但自己不去按那隻綠色的鈕掣，而且不給方天去按！

因為我知道，這一下按下去，納爾遜一定有死無生！

雖然方天已經不止一次地告訴過我，納爾遜已經死了，但是，在電視的熒光屏上，我卻還清楚地看到納爾遜正在忙碌地工作着！

方天叫了一聲，又要去按那綠色的按鈕，但是他第二次伸手，又給我擋了開去。

方天的面色變得更藍，他突然大叫了一聲，揮拳向我擊了過來！

我絕未想到方天會向我揮拳擊來的！

而且，這時我的思想，正陷於極度的混亂之中，呆若木雞地站着，只知道保護那隻綠色的按鈕，不讓方天向下按去。

所以，當方天一拳擊向我的胸口之際，我竟來不及躲避，而方天的那拳，力道也真不弱，打得我一個踉蹌，向後退去。

就在我向後退出的那一瞬間，方天疾伸手，又向那綠色的按鈕之上，按了下去，我大聲叫道：「別動！」我一面叫，一面猛地向前撲去！

然而，按動那隻綠色的按鈕，對方天來說，只不過是舉手之勞而已！

我向前撲去的勢子雖快，但是當我將方天的身子撞中，撞得他仰天跌之際，他早已將那隻按鈕，用力按了下去！

我僵住在桌前，方天則掙扎着爬了起來，指着電視機怪叫。

他叫的是我所聽不懂的土星話，我盡量使自己定下神來，向電視畫面望去。

只見納爾遜突然停止了工作，面上出現了一種我從來也未曾見過的驚惶神色。而太空艙的門，這時也已緊緊地閉上了！

在那一剎間，我知道，我最怕發生的事，終於發生了！本來，我雖然已知納爾遜成了「無形飛魔」的寄生體，但是我的潛意識，卻還在希望着奇蹟的出現，希望方天只不過是在胡說！

但這時候，我這最後一點的希望也覆滅了！

事實竟如此的殘酷！

我看到納爾遜站了起來，而且驚惶的神色愈來愈甚，方天按動了電視上的一個掣後，我聽到了納爾遜所發出的喘息之聲。

方天對着一具傳話器，講了幾句話，突然，在電視的傳音設備上，傳出了納爾遜的聲音。

但是，納爾遜所說的，卻絕不是地球上的語言，而是土星話！

「獲殼依毒間通過寄生體的發聲系統而說話」——方天的話實現了！

我不去理會他們之間在說些什麼，我只覺得自己的雙腿發軟！

我失去了最好的朋友，而且是在這樣的情形下失去的！

儘管我自信比普通人要堅強得多，但是我仍然難以忍受這樣的打擊，我幾乎是跌倒在椅上，視線仍未曾離開電視機。

電視熒幕之上的納爾遜，這時恰如被禁錮在一隻籠子之中的野獸一樣，在那狹小的太空艙中，左衝右突。同時，從電視傳聲系統中傳出來的，已是地球上的語言，那是我聽得十分熟悉的納爾遜的聲音，叫道：「衛斯理，快制止方天的瘋狂行動，這是什麼？這算是什麼？這簡直是謀殺！」

我整個人跳了起來，大聲道：「快，快停止電源！」

方天忙道：「不能，這時的他，已經不再是——」

我明白方天的意思，可是看到納爾遜的情形，我忍不住喘氣。就在這時，一個高級安全官，衝了進來，高叫了有意外。

我連忙問道：「什麼意外？」

那高級安全官道：「他堅持要突然進入那秘密設置的太空艙之中——」

他才講到這裏，便突然住口，望着我的身後。

我回頭看去，只見方天也已經奔到我的身後，他面色發青，道：「關於那太空艙的事，我自然會向太空發展委員會解釋的！」

那高級安全官知道方天在這個基地上的地位十分高，方天雖然受調查，但是到目前為止，卻還沒有發現他有過任何破壞的活動，他有的只是卓越的貢獻。

所以，那高級安全官一聽得方天那樣説法，連忙道：「可是納爾遜先生進去了之後不久，太空艙的門突然自動關閉，我聽得他高叫『這簡直是謀殺』！」

這時，不但醫療人員已衝到那枚巨大的火箭的附近，連技術人員也來了。

我、方天和那個高級安全官也一起向那枚火箭奔去，奔到了火箭腳下，電流已經斷去，我們無法乘升降機上去，只得在鋼架之上，向上攀上去。

跟在我們後面的，還有四個醫療人員，他攀爬了八十多級鋼梯之後，我們便已經置身在那枚火箭之中了。在火箭中，人像是小動物一樣，因為火箭實在太龐大了，許許多多的儀器，全部經過最精密的包裹，因之一進火箭，便有一道如同傳遞帶也似的東西。我們在那條帶上小心地走着，到了那塊鋼板上，面前是一扇微微打開的門，那就是太空艙的門！

我越過了那高級安全官，打開了門。

我看到了納爾遜！

和我在電視中看到的情形一樣，納爾遜正躺在那張椅子上，在他的面前的地上，就是那具太陽系飛行導航儀。

那導航儀中的電線已經有七八股，和太空艙上的電線接在一起了，但還有七八股未曾接上。

太空艙十分狹小，只能容下一個人，納爾遜先生既然已先在了，連我也只能擠進半個身子去，其餘人更不能進來了。

那幾個醫療人員在我身後叫道：「快讓開，讓我們先進去。」

我伸手抓住了納爾遜先生的手腕，他的脈息已經停止了，而且手腕也已冰涼。

他死了，真正地死了。

我縮出了身子來，道：「用不着你們了，他已經死了！」

那高級安全官吃了一驚，道：「死了？這是謀殺！」

方天沉聲道：「閣下不要亂下判斷，要經過檢查，才能有斷論！」

那高級安全官不再出聲，退了開去，出了火箭，方天拉了拉我，道：「走吧，沒有你的事了！」

我沉聲道：「有我的事，我最好的朋友死了，我怎能沒有事？」

方天低聲道：「你不要忘記，他是死在地球人絕對無法防止的『獲殼依毒間』之手，而且，我們已代他報了仇！」

我搖了搖頭，道：「不，你盡你的法子去善後吧，我還要陪着他的屍體！」

我一面說，一面又鑽了進去，將納爾遜的屍體拉了出來。

在拉出納爾遜的屍體之際，我的眼淚像泉水一樣地湧了出來，落在納爾遜有些淩亂，有些花白的頭髮上。

我失去了一個如此的朋友！

將納爾遜拖了出來之後，醫生連忙上來檢查，醫生的面上，現出了十分奇怪的神色，命令着救護人員，將納爾遜放在擔架上抬走。

我一直跟在後面，走了一程，醫生忽然回過頭來問我：「這是才發生的事麼？」

我默默地點了點頭。

醫生的面上，又現出了奇怪的神色。

我問道：「醫生，一個人如果處身在充滿着陽電子的房間之中，他會怎樣？」

醫生低着頭，一面走，一面道：「電離子有陰陽兩性，陰離子使人情緒高漲，精神爽快，陽離子使人極度急燥，若是陽離子過度，人便在近乎癲狂的情形之下死亡。」他講完了之後，轉頭問我：「你為什麼要問及這一點？」

我沒有正面回答醫生的話，而是進一步地問道：「解剖可以發現死因，情緒極度急燥，近乎癲狂而死也可以發現麼？」

醫生點了點頭，道：「最新的解剖術，已經可以檢查死者死前一剎那的精神狀態，所以如果是那樣死的話，是可以發現的。」

我吸了一口氣，道：「我是納爾遜的最好朋友，我要求將他的屍體解剖。」

醫生還未曾出聲，我身後傳來了一個十分沉重的聲音，道：「這不幸的變故，我們已通知他的家屬了，等他的家屬來到之後，才可以決定是否將他的屍體進行解剖——」

我連忙轉過頭來，只見講話的是一個六十歲左右的便服男子。

在這個基地上，幾乎人人都是穿着制服的，連我們身為賓客，前來參觀的人，只要在太空基地中居住，在居住時期便要穿指定的獨特的衣服。所以，乍一見到一個便服的人，便立即使人聯想到：這是一個地位十分高的人。

而那人的神情體態，也正好說明了這一點。

他的面肉相當瘦削，但因之也使他看來，顯得十分威嚴，而他炯炯有光的眼睛正望着我。

當我轉過頭去的時候，他頓了一頓，續道：「衛斯理先生，你為什麼要求解剖他的屍體呢？」

我略想了一想，道：「閣下是——」

那高級安全官員踏前一步，代那人報出了來頭，道：「齊飛爾將軍。」

我呆了一呆，如今我以「齊飛爾」代替這位高級將領的真實姓名，是因為這位將軍的姓名，是全世界都知道的，他是這個國家軍事部門的極高負責人，同時也是這個太空基地的行政首長。

我到了這個基地之後，這還是第一次和他見面。

對於他詞鋒如此犀利的問題，我一時之間，感到無法回答！

我在未曾開言間，齊飛爾將軍已經道：「我們會調查的！」

我苦笑了一下，道：「納爾遜先生是我最好的朋友，他的死亡，給我帶來了無比的悲痛，難道連我也被調查之列麼？」

齊飛爾將軍的面色，十分嚴肅，道：「我們要調查一切，所以，衛斯理先生，你暫時也不能離開這裏。」

我望着擔架上，靜靜地閉着雙眼的納爾遜，道：「我不會離開的，因為我也想知道他的真正死因。」

齊飛爾將軍沒有再說什麼，帶着副官，上了一輛車子，疾馳而去。

那高級安全官是知道我持有國際警察部隊特種證件的，他在齊飛爾將軍走了之後，到了我的身旁，道：「納爾遜死了還不到半小時，但總統已命令齊飛爾將軍徹底調查這件事了。」

我對這個國家的行政效率之高，也不禁十分佩服，但這時，我卻絕對沒有什麼心情去了解何以工作進行得那樣迅速，因為我最好的朋友死了！

我跟着醫護人員，直來到了醫院中，納爾遜被放在解剖室中，我在門外不住地來回踱步。

我不知道自己踱了多久，也不知道我在踱步之際，究竟在想些什麼。

直到我耳際，聽到了一個十分堅定，但卻也十分悲痛的聲音，我才陡地驚起。

而當我抬起頭來時，我發覺燈火通明，已經是黑夜了，那就是說，我在解剖室的門外，來回踱步，已過了幾小時之久了！

我心中暗歎了一口氣，刹時之間，我覺得自己像是老了許多！

那聲音在我心中暗歎之際，再度響起，講的還是那句話，道：「這位是衛斯理先生麼？」

我轉過頭去，一時之間，我幾乎疑心自己的眼睛花了，因為我看到納爾遜先生，就站在我的面前！但是我立即發覺，站在我面前的，不是納爾遜，而是一個酷肖納爾遜的年輕人。

他和我差不多年紀，一頭金黃色的頭髮，深碧的眼睛，面色沉着，但是在他的臉上，仍可以找到極度的智慧和勇敢的象徵。

本來，我的心情是悲痛到不能言喻的，但是我一見到這個年輕人，心情卻開朗了許多。

在那一瞬間，我突然感到傷心、難過，全是多餘的。

因為納爾遜不論是死於什麼原因，死於什麼時候，他總是會死去的，他本身的生命是一定會有結束之日的。

但是生命本身，卻永無盡止。

納爾遜死了，但我在這個年輕人身上，看到了納爾遜所有的一切優點，而且可能比納爾遜本身所有的優點更多！

生命不因個人的死亡而斷去，相反地，它不但延續着，而且不斷地演變，在進步！

我望着年輕人，可以毫無疑問地肯定他是納爾遜的兒子，我道：「不錯，我是衛斯理，你是為了你父親的死而來的麼？」

那年輕人道：「是的，我剛趕到。」

我道：「納爾遜先生——」

他揮了揮手：「你叫我小納好了。衛先生，聽說你要求解剖我父親的遺體？」

我道：「是的，因為他是我最好的朋友，他的死給我以一生中最沉重的打擊，所以我要弄清楚他真正的死因。」

小納傲然道：「你失去了好朋友，我失去了好父親，我也要弄清他的死因。」

這時，已有幾個穿着工作服的醫生走了過來，一個護士推着一輛放滿了各種解剖用具的小車，進了解剖室，我和小納兩人等在室外。

剛才，時間在莫名其妙中，溜過了幾個小時，但是這時，時間卻又過得出奇地慢。

小納並不是多言的人，他也沒有向我發出什麼問題來，足足過了一個小時，進行解剖的醫生，才一個一個地走出了解剖室。

當他們除下了口罩之際，他們每一個人的面上神色都十分詫異，我和小納異口同聲問：「結果怎麼樣？」

那幾個醫生都苦笑了一下，其中一個道：「我們還決不定在報告書中應該怎樣寫，因為我們根本找不出他的死因。」

小納呆了一呆，道：「那怎麼會？」

那醫生道：「而且，我們發現他有些組織，已經停止活動許久了，而那些組織如果停止活動的話，人是不能活過半小時的，但是他卻活着，到今天才死，這實是科學上的奇蹟！」

我聽了那醫生的話後，緊張的神經，鬆弛了下來。

我坐在白色的長椅上，自然，我並沒有向醫生說起納爾遜早已死了的這一事實。因為這要費我太多的唇舌，而且還絕難解釋得清楚。

我緊張的神經，得以鬆弛的原因是因為我知道方天的料斷並沒有錯，土星衛星上的那種能侵入生物腦部組織的奇異電波群——獲殼依毒間，的確侵入了納爾遜先生的腦部。

而納爾遜先生在那一瞬間起，便已經「死」了。在太空艙中倒下來，被消滅的，並不是納爾遜先生，而是獲殼依毒間！

我坐了許久，才聽得小納道：「多謝各位的努力。」那幾個醫生，顯然因為未曾找出納爾遜的死因，而陷於極大的困惑之中，因之他們連小納的話都未曾聽到，而一面交談，一面向前走去。

小納一聲不出，在我的身邊坐了下來。

過了一會，他突然道：「衛斯理先生，你可以將我父親的死因講給我聽麼？」

我未曾料到小納會採取這樣單刀直入的方式來問我，這證明我所料不錯，小納的判斷能力之高，只在他父親納爾遜之上，而不在納爾遜之下。

我當然沒有理由對小納隱瞞納爾遜先生的死因，但是這時我卻又難以說出口來。

在我靜寂未曾出聲之際，小納又逼問：「你是知道的，是不是？你知道他的死因，但因為還有懷疑，所以你便要解剖他的屍體來證實，但如今，你已經證實了，是不是？」

我抬起頭來，道：「是。」

小納道：「你是我父親最好的朋友，你將他的死因告訴我吧。」

我歎了一口氣，站起身來，在他的肩頭上拍了一拍，道：「小納，這件事，恐怕你十分難以明白。」

小納道：「我準備去了解最難明白的事。」

我腦中再將這件事的經過始末組織着，但是我還未曾開口之際，一陣急驟的腳步聲，已在醫院的走廊中傳了過來。

我抬頭看去，只見五六個人匆匆地走了過去，當前一個，是穿着軍服的高大漢子，面色紅潤，精力充沛，他幾乎是衝到了我的身前的，立即伸出他的大手，將我的手握住，自我介紹道：「史蒂少校，軍中的律師，方天博士的代表。」

我聽了不禁吃了一驚，方天為什麼要律師作代表，他出了什麼事？

史蒂少校不等我問，又道：「方天博士已被拘留，他被控謀殺，謀殺納爾遜先生！」

我連忙道：「這是絕不可能的事！」

史蒂少校將手按在我的肩頭之上：「但是它已發生了——方天是你的好朋友是不是？」

我點了點頭，道：「可以這樣說。」

史蒂少校的面上神情，變得十分嚴肅：「我的當事人方天對我說，能救他的，只有你一個人，所以，你為了方天着想，不應該對其他人多說什麼，方天要你證明他是無辜的！」

我苦笑了一下，並不言語。

第二十四部

回歸悲劇

史蒂少校已不由分説地將我拖了出去。

由於這時，我的腦中已混亂到了極點，竟給他身不由主地拉出了醫院，上了他的車子。

到了車中，史蒂少校駕車向前直駛，在車中，他對我道：「一切證據都證明方天是謀殺納爾遜的兇手，衛君，你有什麼方法可以令他脱罪？」

我仍然苦笑着。

史蒂少校道：「他們發現了方天的辦公室中，有電流可以直通太空艙，而在辦公室中，又有着可以直接觀察太空艙中所發生一切的電視設備，更找到了電流通傳之後，能產生大量陽電子的裝置，而在接通電鈕的按掣上，有着方天的清晰的指紋，指紋專家宣稱，那個指紋留下的時間，和納爾遜在太空艙中遭受意外的時間，恰好相同！」

我歎了一口氣：「史蒂少校，既然方天是有死無生的了，你為什麼還要為他辯護？」

史蒂少校炯炯的目光，直視着我，道：「那是因為你的緣故。」

我愕然：「因為我？」

史蒂少校道：「是的，因為你。我是方天的律師，所以是在方天被遭受特別監押之後，唯一能和他見面的外人。他見到我後，只說一句話：只有衛斯理能救我！他的神經，顯然已陷入極其激動的情形之中，除了這一句話外，他並沒有再說第二句。」

我歎了一口氣，道：「於是你相信了他的話？」

史蒂少校道：「是的，我相信了他，我更相信你有辦法可以證明他無罪。」

我默然不出聲。

方天是無罪的。有罪的，令納爾遜先生死亡的，只是「獲殼依毒間」。但是，要在地球人面前，證明方天沒有罪，這要費多少唇舌？

而且，方天是不是願意暴露他的真正身分呢？

我想了片刻：「我能在事先和方天見面麼？」

史蒂少校搖了搖頭：「不能，方天被嚴密監視，不能見任何人，除了我以外。特別軍事法庭已經組成，齊飛爾將軍是主審官，開庭的日子是在明日上午。衛君，如果你有辦法的話，要快些拿出來了。」

我轉過頭去，望着史蒂少校：「我要請你去問一問方天，他是否允許我講出有關他的一切，如果他不允許的話，那我也想不出什麼其他的法子，可以證明他是無罪。」

史蒂少校顯然是十分精明的人，他已經聽出我的話中，包含着某種特殊的意義，他沉聲道：「可以，我盡快給你答覆。」

車子在賓館門口停了下來，我回到了自己的房中，以冷水淋着頭。

不一會，史蒂少校的電話就來了，他在電話中說：「方天的回答是：『如果沒有別的辦法的話，那是可以的。』」

我略為鬆了一口氣，方天顯然是覺出，到了如今這樣的地步，如果他再保持着秘密的話，那麼他一定會被送上電椅了！

與其被送上電椅，當然還不如暴露他並不是地球人好得多了。

他這樣決定是聰明的，也給我省下了不少麻煩。

那一晚上，我是在迷迷糊糊，半醒不睡，精神恍惚的情形之下度過的。

第二天，我剛起牀，史蒂少校已經來接我了，我迅速地穿好衣服，便和他一齊來到了基地的辦公大樓之前，這所辦公大樓，可以説是世界上守衛最嚴密的建築物了，因為在其中，儲存着一國的太空發展以及秘密武器的全部資料！

而今天，建築物之外的守衛，更是嚴密，我和史蒂少校兩人，幾乎是在守衛排成的人群之中，穿過去的。

到了臨時特別軍事法庭之外，氣氛更是嚴肅到了極點。而且也十分亂，但是卻靜得一點聲音也沒有。

我和史蒂少校進了那本來是會議室的房間，那房間已被佈置成一個法庭，幾排椅子上，坐着不少人，有一大半是穿着制服的，他們的軍階全是少將以上的長官，還有一部分便裝人員，一看他們的情形，便可知他們是高級官員。

齊飛爾將軍還沒有到，正中的位置空着。主控官席位上，是那個高級安全官，被告席位則還空着，方天還沒有來。

史蒂少校請我坐在他的身邊，不一會，我的身邊多了一個人，那是小納爾遜。

他一坐下來，便對我以極低的聲音道：「衛，如果你相信方天不是兇手，我也相信。」

我聽到了這樣的話，不由得緊緊握住了這個年輕人的手。

他的這兩句話，在局外人聽來，可能十分平淡，但是我卻可以聽出，在他的這兩句話中，包含着極度的信任在內，方天被控謀殺他父親的兇手，證據如此確鑿，小納自然是知道的了。

而小納在知道了所有的情況之後，仍然對我寄以這樣的信任，這可以說明我在他心目中的地位。我握住了他的手，一句話不說，但小納顯已明白了我的意思，面上帶着十分激動的神情望着我。

就在這時候，人們都站了起來，齊飛爾將軍坐了下來，而不一會，方天也在憲兵的帶押之下，走了進來，他的面色，青得可怕，直到他的目光和我的目光相接觸，他口角也略掀動了一下，露出了一個苦笑來。

我向他作了一個手式，示意他鎮定一些，不要太過分緊張。

但方天的面色，卻仍是十分沮喪。

我望着他，我的腦中，忽然像是「響」起了他的聲音。當然，我的耳際絕未曾聽到任何聲音，但是我卻感到方天在說話，而且是在對我說，那當然是他特別強烈的腦電波在影響我的腦電波的緣故。

我「聽」得他在說：「衛斯理，我完了，就算我能逃一死，我還能夠回土星去麼？」

我望着他，不禁苦笑！

為了方天能回土星上去，我和納爾遜兩人，歷盡了多少艱險，費盡了多少心血！到頭來，納爾遜先生還離開了人世，而方天卻還被控為謀殺納爾遜的兇手！

的確，他的身分一被暴露，他在地球上恐懼了近兩百年的事實，就可能發生了，那便是：他將被地球上的人，視作研究的對象，視作奇貨可居，他再也沒有機會回到土星去了。

我的腦中不斷地「響」着方天的聲音，我完了，我完了，我完了……

我在這樣的情形下，是沒有法子和方天通話的，我只是心中迅速地轉念着，等到主控官宣讀主控文，讀到方天在預定發射到土星去的火箭之中，秘密設置了一個太空艙的時候，我輕輕一碰身旁的小納，和他兩人，悄悄地退了出來。

在走廊上，我們遇到了數十隻監視我們的眼睛，小納以十分懷疑的眼光望着我。

我低聲道：「你可要聽我講述令尊的詳細死因麼？」

小納十分訝異，道：「你為什麼不在庭上說？方天在等着你為他作證！」

我搖了搖頭，道：「我不能暴露方天的身分，因為這將對他有極大的不利，我要你幫我忙，將方天救出來，將他送上那枚火箭，他只要有十分鐘的時間，便可以回到他的故鄉了。」

他瞪着眼看着我，他顯然不明白我究竟是在說些什麼。

我沉着聲音，低聲道：「方天是一個土星人！」

他猛地震了一震：「但如果他是兇手的話，我絕不會助他。」

我搖頭道：「他不是兇手，他非但不是兇手，而且，他還替令尊報了仇，為我們地球人，除去了一個極大的禍胎！」

我以盡可能的最簡單的描述，將土星衛星上的那種可怕的「無形飛魔」——獲殼依毒間的一切，向小納講了一遍。

他在聽了之後，大約足足有五分鐘之久，一點聲音也不發出來。

我是可以明白他的心情的，他這時一定正處於極度迷惑，恍若夢幻的境地之中，因為他在過去十幾分鐘之內，所聽到的一切，全是他一生之中，從來也沒有聽到過，從來也未曾想到過的！

這等於叫以足走路成了習慣的人，忽然改用手走路一樣！

我自己也曾有過這樣的經歷，所以我並不去打擾他，我只是希望他能夠在較短的時間之內，明白我所說的一切。

約莫過了七八分鐘，他才長長地舒了一口氣，抬頭向窗外看去。

由窗外看去，可以看到基地之中所聳立着的許多火箭。那枚土星火箭最高、最搶眼。

從辦公室大樓到那枚土星火箭，約莫有一公里的路程，但是，要使方天通過……

我想到這裏，心中也不禁苦笑。

就在這時，小納已經開口，道：「衛，你有什麼法子，可以使方天順利到達那枚火箭，使他能夠起飛？」

我聽得他這樣說法，知道他已經完全相信我的話了，我道：「你呢，你有主意麼？」

他搖了搖頭，道：「我沒有，而且，方天的案子是用不着多審的，立即可以定案，他也會在極其嚴密的戒備之下，送出基地，到達最近的有死刑設備之處，去執行死刑！」

我急促地來回踱着步，在我們附近，有着不少便衣和武裝的守衛，他們的眼睛未曾離開過我們兩人，但因為我們都以十分低的聲音在交談，所以可以肯定這些人都未曾聽到我們談話的內容。

我心中急促地轉着念：如何才能使方天到達那枚火箭呢？

如果不能的話，方天一定會死在守衛人員的亂槍之下，甚至我和小納，也可能遇害！

要使方天不死，那還容易，只要我將剛才向小納說的話，在庭上說出，方天不死的可能性就十分大，但要使方天能回到土星，那就非冒險不可了。

我來回地踱着步，小納則以手托着下頷，一聲不出地站着。

過了片刻，小納來到了我的身邊，道：「要使方博士上那火箭，倒還容易——」

我聽到這裏，連忙問道：「你有什麼法子？」

小納笑而不答：「問題是在於，方博士進了火箭之後，他是不是能立即起飛？」

我道：「方天曾對我說過，一切都準備就緒了，只是差在沒有那具導航儀。我相信這便是表示，如果他進入火箭的話，那麼火箭立即便可以起飛的。」

小納道：「這個問題解決了，剩下來的第二個問題，那便是：將方天送進了火箭之後，我們怎麼辦？」

我望着他苦笑，道：「如果我想到了解決這個的辦法的話，我早已衝進臨時法庭去了。」

小納低頭不語，過了片刻，道：「最好的辦法，當然是我們跟着他，一齊飛向太空！」

我大搖其頭，道：「我不願去，你知道麼，我們如果到土星上去的話，可能只活上兩三年，便要死了，這是兩個星球之間時間觀念不同之故。」

小納道：「當然我只不過是如此說說而已，事實上那太空艙，可能也根本容不下三個人。」

我乾咳了幾聲，道：「如今最好的辦法，是我們不要硬來，最好，我們完全不露面，而在暗中幫助方天，使他能到達那枚火箭！」

小納仰起頭來，道：「根據慣例，當主控官讀完控訴書之後，是有休息的。」

我苦笑道：「那又有什麼用處？我們根本沒有法子和方天聯絡，而且方天是一個十分膽小的人，他可能根本沒有勇氣逃跑！」

我講完之後，攤了攤手，表示我對這件事，可以說一點辦法也沒有了。

小納將聲音放得更低，道：「衛，我倒不認為是絕望了。」

我想起他剛才曾說，要將方天弄上那枚火箭，並不是什麼困難的事，可見得他心中一定有着極大的把握，他的年紀雖然比我輕，但是虎父無犬子，我是沒有理由輕視他的話的。

我連忙轉過頭，向他望去。

小納低聲道：「當我接到我父親死訊之際，也正是我多年來的一項研究的成功之日。」

我呆呆地望着他，不知道他這樣說法是什麼意思。

小納道：「我本來是學農業科學的，我發現，最好的防治蝗蟲的方法，莫過於瀰天大霧，大霧使蝗蟲辨別方向的能力消失，只能向高飛，而高空的空氣流動，卻又是對蝗蟲大大不利的，於是，蝗蟲便受傷跌落地上，不能為害了。」

我耐着性子聽他講完，才道：「那又怎樣呢？」

小納四面一望，道：「我在實驗室和遼闊的海面之上，工作了三年，發明了一種觸媒劑，我將之稱為『霧丸』，只要一通電，便能夠使空氣中的水蒸氣凝為霧珠，即使在室內，效果也比任何煙幕彈來得好！我隨身帶着這種觸媒劑。」

我感到事情漸漸有了希望，小納道：「通電的手續十分簡單，只要將『霧丸』接觸普通電流就行了，這一點由我去辦，我們可以在辦公大樓門前，準備一輛快速的汽車，由你去和方天聯絡。」

和方天聯絡，這是一個極大的難題。

當然，方天是可以和他的律師史蒂少校交談的，但如果我要通過史蒂少校，去向方天說明這一點的話，勢必將所有的一切經過，全都和史蒂少校說明白了，這又是我們所不願做的事。

正當我在想不出什麼辦法的時候，忽然我腦中，像是感到方天在叫我。

當然，我耳際仍是聽不到任何聲音的。

我心中不禁陡地一動，方天的腦電波十分強烈，遠在地球人之上，所以，我才能感到他在想些什麼。而他也能以他的思想去影響別人，令得別人自殺，也就是説，他不必開口，就可以將他的思想傳到我的腦中。

那麼，我不必開口，他是不是有辦法知道我的思想呢？

我低聲道：「好！你準備一切，我進庭去，設法和方天聯絡。」

小納點了點頭，我進了臨時法庭，方天腦中對我的呼喚，我更加清晰地感覺得到了。望着他，不斷地在腦中翻來覆去地唸道：「放心，鎮定，我已經有妥善的辦法了！」

在我接連默念了十來遍之後，我覺出方天的反應來了，我感到他在急切地問：什麼辦法！什麼辦法？

我心中不禁大喜，因為這表示方天的確能將我的腦電波，還原為語言！

我將每一句話重複幾遍，在心中默念：「等一會——會有突如其來的大霧——你在霧起之際——便立即向庭外闖去——我會設法替你開路——在大門外——有車子等着，你直駛火箭——滾回老家去吧——」

那最後的一句話，我倒並不是在這樣的情形下，還有心緒來「幽默」一番，我是真正地要方天滾回土星去，因為他在地球上，給人的麻煩實在是太大了。

在我心中默念的時候，方天一動也不動。

等我默念完畢，又默念：「如果你已知道了我的思想，那麼便請你點三下頭。」

方天的頭，果然點了三下。

這時候，主控官慷慨激昂的聲音，已經到達了最高潮。

他正在敘述，納爾遜死後，如何在方天的辦公室中，發現通電之後在太空艙中便會產生大量陽電子的事實，齊飛爾將軍則全神貫注地聽着。

我心中在暗暗着急，因為小納所說的濃霧還未曾來到！我當然不致於以為他在胡說，但是在如今這樣的情形下，卻不能不令人焦急。方天也在頻頻四面張望，當然他的心中，一定比我更急。

又過了十分鐘左右，主控官的控詞，已將到尾聲了，我也焦急到了坐立不安的程度，就在這時候，我聽到門外有人在低聲地叫道：「霧！好大的霧！」

同時，我看到，在門縫中、窗縫中，絲絲縷縷，濃白色的大霧正在迅速地蔓延進來，還不到兩分鐘，法庭中所有的人的足部，都已被掩沒在濃霧之中了！

我和方天互望了一眼，方天緊張得面色發青，雙手緊緊地握着拳頭。那突然而來，濃得如此出奇的濃霧，使得主控官也停止了宣讀控訴書，法庭之中，人人都低頭向下看着。濃霧像是氾濫洪水一樣，迅速向上漲來，在不到半分鐘的時間內，每一個人都只剩下了一半——下半身已沒入濃霧之中了！

根據濃霧上漲的速度來看，再有半分鐘，方天就可以採取行動了！

我站了起來，在每一個人都現着驚惶的神色中，我來到了門口。

這時，眼前所見的，已是世界上任何地方所看不到的奇景了，在房間中，人人都站着，但是每一個人，都只能見到對方的頭部，等於是許多沒有軀幹的頭顱在浮動一樣。

我身子矮了一矮，使我全身都沒入濃霧之中。

我從來也未曾見過那樣濃的霧，當身子全都沒入霧中之後，我只能看到白色的一片，除了白色之外，什麼也看不見。

我記住了門口的方向，輕輕地來到了門口，推開了門。此際，即使我直起了身子，也已全身在濃霧之中了，我等在門口，突然之間，我覺出有人在我身旁掠過，也就在這時，我又忽然聽到了齊飛爾將軍極其嚴肅的命令，叫道：「加強守衛！」

我身子一橫，阻住了門口，雙手向前，猛地推出。

在濃霧之中，我也不可能看到眼前的情形，但是憑我的判斷，我認為剛才掠出的是方天，而如今我則是推開兩個守衛的。

果然，我的手推出，便有兩個人大聲喝道：「什麼人阻住去路？」

我當然不出聲，只是一躬身，向後退了出去。

走廊和大堂之中，也瀰漫着濃霧，除了能聽到嘈雜的人聲之外，什麼都看不到。我對這個辦公大樓的地形並不熟，一到了走廊之中，便有進退為難之勢。

我循着聲音衝了過去，撞到了七八個人之多，終於到了門口。

這時，濃霧不但瀰漫了整座辦公大樓，而且，以辦公大樓為中心，正在四面散開來，當我闖到大門口時，我仍是什麼也看不見，只聽到一陣車子發動聲。

我只盼剛才那一陣引擎聲，正是方天上了車子之後，所發出來的。

如果是那樣的話，那麼方天是毫無疑問地可以到達那枚火箭之上了！

我繼續向外奔去，奔出兩三丈了，眼前突然清朗。

我轉過身，向身後看去，整座大樓全為濃霧所裹，而從濃霧之中，不斷有人闖了出來。

所有的人，似乎都被這一場突如其來的濃霧嚇得呆了，根本沒有人注意方天這時候在什麼地方。每一個人，在闖出了濃霧之後，都回頭向自己闖出來的地方看去，連我也不能例外。

這時，整座辦公大樓，都已經為濃霧遮沒了，而乳白色的濃霧，還在迅速地向外擴展，人們面上失色，相互以驚惶的神色望着，不住地詢問，什麼事，究竟發生了什麼事？

是我明白這場濃霧是由何而來的，所以我自然比所有的人冷靜得多。這時候，我才知道人類的智慧，實在還是十分低下的，對於突如其來的事情，人類沒有立即應付的能力，而只是驚惶，驚惶！

要知道這時，從辦公大樓的濃霧中闖出來的，全是第一流的科學家、軍人和高級安全人員，他們尚且如此，若是這一場濃霧，發生在有許多普通人的地方，那後果真是不堪設想了，世上為什麼會有那麼多暴亂和盲目的行動，也就不難理解，那全是人類自以為是「萬物之靈」，但實際上卻還是十分衝動和愚笨的動物！我正在呆呆地看着所有人驚惶的神情間，突然有人在我的肩頭上拍了一拍，我轉過身來，站在我身後的，正是小納。

他向我眨了眨眼：「如何？」

我低聲道：「他已經走了。」

小納聳了聳肩，道：「我的新發明如何？」

我皺了皺雙眉，道：「好是好了，可是濃霧愈來愈向外擴展，何時才能消除？」

他呆了一呆，道：「這一點我倒沒有想到——」

講到這裏，他突然停住，面上也變了神色，我連忙問道：「怎樣了？什麼不對？」

他一字一頓地道：「我闖禍了！」

我嚇了一跳，道：「闖禍？」

他拉着我，迅速地奔開去，到了離開辦公室大樓已相當遠的地方，才停了下來，道：「我所發明的『霧丸』，能造成大霧的原因，便是通電之後，利用電力將觸電媒劑散發開來，使空氣中的水蒸氣凝結成為微小的水珠，從而成為大霧。」

我道：「是啊，你已經成功了，這是一項十分偉大的發明。」

小納苦笑了一下：「不，失敗了，因為照目前的情形來看，大霧形成之後，在空氣之中，生出了連鎖的反應，大霧竟繼續蔓延……」

我吃了一驚：「難道永遠無止境麼？」

小納道：「那我也不知道，但可以肯定的是，如果沒有強大而乾燥的烈風吹襲的話，這一場大霧，可能長久蔓延和持續下去！」

就在這幾句話之間，在辦公大樓的幾幢建築物，也都已經沒入了霧中！

整個基地之上，亂成一團，指揮塔上的紅燈，不斷地閃耀着，示意一切工作都停頓了下來，因為發生了「突然的、變化不明的緊急變故」。

我看到齊飛爾將軍在忙亂地指揮着，幾乎所有的車輛都出動了，防衛性的雷達網加速轉動，因為基地的最高當局，不知道這場大霧是不是敵人方面的秘密武器所造成的！

整個基地中的工作人員，人人都忙成一團，只有我和小納兩人，因為根本不是隸屬這個基地的，所以才沒有事情做。

小納的面色蒼白，呆了一會，突然道：「衛，我要去見齊飛爾將軍說明白，這一場濃霧只不過是我的惡作劇而已。」

我一把拉住他：「別去，我佩服你的責任感，但是卻不必要。」

他苦笑道：「我怕齊飛爾將軍，會認為那是敵對國家的陰謀，而下令報復！」

我搖頭道：「事情還不致於那樣嚴重，你若是一向他說明，方天還能走得脫麼？你也脫不了干係！」

他歎了一口氣：「我絕想不到我研究的東西，竟會有這樣致命的缺點。」

我安慰他：「你可以繼續研究——」

我一句話才講到一半，突然，一陣刺耳的「嗚嗚」聲傳入了耳中，那是發最緊急的信號，我和小納兩人，都不禁一呆。只聽得在警號聲不絕中，各處的廣播器中，都傳出了惶急的聲音：「緊急命令！在M十七號火箭旁的人員，立即退避，現在發現該枚火箭的燃料，正在自動焚燒，火箭可能發生強烈的爆炸。緊急命令，緊急命令！」

在乍一聽到警號的時候，我和小納兩人，都不禁吃了一驚。

但是在聽到了那一個緊急命令之後，我們都不禁放下心來。

「M十七」火箭，就是那枚預定來向土星發射火箭的代號，如今的情形，當然是方天已經到達那枚火箭，而且已發動火箭的證明了！

我們不約而同向那枚火箭奔去，因為只有我們兩個人才知道，這枚火箭是絕不會爆炸的，它將一飛沖天，直達土星！

這時候，用「世界末日」四字，來形容整個基地的情形，並不為過。我相信第三次世界大戰，即使爆發，緊急混亂的情形，怕還不如現在之甚！

濃霧仍在擴展着，而且正如小納所説，空氣中的水蒸氣產生了連鎖反應，擴展的速度成倍數地增進，已有一小半基地，陷入了濃霧中。

同時，緊急信號仍不斷地響着，附近M十七號火箭的人，迅速地奔過，而在M十七火箭的基地，灼熱的火花已開始噴射，巨大的鋼架開始倒下。

這本來是基地中常見的情形，但是以往，每一枚火箭發射，都是經過周密的安排的，但這一次卻是突如其來的！

我和小納兩人，向着和眾人完全相反的方向奔着，來到了方天的辦公室中。

我們將門窗都關上，並且開着了空氣驅濕機，以防止在室內結集濃霧。我們發現有一具儀器上的紅燈，正在不斷地閃耀，而且還發出持續的「嘟嘟」聲。

我記得方天曾向我說起過，這具儀器，便是可以收聽到遠自土星上所發出的語言的長程宇宙通訊儀。方天並還說過，這具宇宙通訊儀的儲備電力，只夠八日八夜用，在他到達土星之際，還恰好有十分鐘的時間，可以向我報告土星上的情形。

我走近這具儀器，按動了其中的一個掣，我立即聽到方天的聲音，道：「衛斯理，我希望你能聽到我的聲音，我就快回土星了，我們永遠地分別了！」

他重複地講着那幾句話，我沒有法子回答他，因為那具通訊儀是只有接收的部份的。

我和小納，一齊站在窗口，向外面看去，這時，像泛濫的洪水一樣的濃霧，已經蔓延到了M十七火箭的基部。

在濃霧中，從火箭基部噴出來的火光，更是壯觀之極，突然之間，一聲震耳欲聾的巨響過處，M十七火箭沖天而去！

在M十七尾部冒出來的濃煙和火焰，與濃霧糾成一團，我們抬頭向上看去，發覺M十七衝天而去的速度，在任何火箭之上！

同時，那具通訊儀上，傳來了方天興奮之極的聲音，道：「我升空了，我昇空了，我可以回到家鄉去了，衛斯理，你一定聽到我的聲音了，是不是？是不是？」

我這時自然看不到方天，因為那枚長大的M十七火箭，也已迅速地飛出了視線之外。

但是我相信方天的面色，一定因為興奮而呈現着極度的藍色，這個藍血的土星人！

在基地中，濃霧繼續蔓延，但是人們在驚惶之後，已漸漸地安定下來。

我們打開了通向總指揮處的傳話器，只聽得齊飛爾將軍正在發布命令：「M十七火箭自動飛向太空，原因不明，基地上的濃霧已證明沒有毒質，只是由天氣的突然變異而產生，所有人員不可外出，留守在原來的辦公室或宿舍中，食物的供應將由專車負責，直到濃霧消散為止，負責防務的人員應加倍小心，以防敵人趁機來襲……」

我和小納，在沙發中坐了下來，其時，濃霧從門縫中、窗縫中，一絲絲地鑽了進來，雖然驅濕機在工作着，但是房間中也蒙上了一層薄霧。

我向小納一笑：「我們就留在這裏等吧，反正食物會由人送來的。」

小納攤了攤手：「如果我父親還在生，我闖了這樣的大禍，他一定會狠狠地責罵我的。」

我想了一想：「不會的，為了要使方天回到土星，我想他也不會責怪你的！」

小納聽了我的話之後，默不出聲，他面上的神情如何，我也沒有法子知道，因為濃霧已經完全侵入，我已看不到他的人了！

我也沉默着不出聲，只有那具通訊儀中，不斷傳來方天興奮的聲音，我將聲音調節到最低，以免被其他人注意。

方天在敘述着太空黑沉沉的情景，忽然之間，他高呼道：「我經過地球衛星了。」

那是他已經經過月亮了，方天的聲音，也停了下來，顯然在經過了月亮之後，太空中是出奇的靜、出奇的黑，他根本沒有什麼好說的了。

送食物的人，按時送來食物，我和小納兩人，在方天的辦公室中也未曾向外走動過。

在總指揮處的命令中，我們知道，基地方面不斷地設法想驅散濃霧，但是卻辦不到，濃霧已經蔓延出數百里以外了。

如今，唯一的希望，便是寄託在一股即將感到的強大的、乾燥的季候風上，希望這場季候風可以將濃霧驅散。

那時，已經是四天過了。

在這四天中，方天的話並不多，他只是提到，他在太空之中，遇到了兩艘顯然是發自地球的太空船，但這兩艘太空船都已失去了控制，顯是船中的太空人已經死去，成為太空中的遊蕩兒了，他沒有說出這兩艘太空船是哪一個國家發射的。

到了第五天，他說在太空中找到了他同伴的屍體。他的同伴，就是同他一齊在地球迫降時受傷，將那具導航儀給了井上四郎之後便飛回太空等死，被人認為是自月亮上來的那個土星人。

第六、第七天，方天所說的話更少。

而季候風正在向基地的方向吹來，有報告說，在季候風的前鋒和濃霧接觸的時候，濃霧立即散去。預期在二十四小時之內，季候風便可以吹到了基地了。

那也就是說，在方天到達土星的時候，我們也可以在濃霧之中解救了出來了。

我認為一切事情，到此已告終結，我已經在盤算，事情完了之後，我一定要安靜的休息，而且絕不離家，這次的事情，就是因為離家到北海道去滑雪而鬧出來的！

在我們這樣想法的時候，小納也鬆了一口氣，道：「好了，事情終結了！」

誰都以為事情就這樣完了，可是出乎意料之外，卻還拖上了一個尾巴。雖然那事情的變化，和我、和小納、和所有的地球人看來沒有關係，但是和藍血人方天有着極大的關係，所以我仍要記述出來。

在第八天，方天的聲音，又不斷地從宇宙通訊儀中，傳了出來。

他因為快到土星了，所以說的話，不免有點雜亂無章，尤其是在他到達了土星之後，由於意料之外的事情，使他過度地驚愕，更有些語無倫次，我全部照實地記在下面，請讀者注意。

以下引號中的話，全是方天說的，引號中的「我」，也是方天自己。

第八天的下午，正在靜寂中，方天的聲音，突然叫了起來，道：「我看到了那可愛的光環了，它是淺紫色的，宇宙之間，再也沒有一種顏色，比環繞着我們星球的光環更美麗的了，我向它接近，我向它接近，我的太空船穿過了它——」

「咳，它的電荷為什麼比我所熟知的超過了數十倍呢？這……這……這……」（這時，在和方天的語言同時，又有一陣震盪聲傳出，大約是他的太空船受了震盪的緣故。）

「那一定是土星人有了新的發現啊，我看到土星了，這是我的星球，衛斯理，我開始降落了，我回到家鄉了！時間和我計算的，相差了四分鐘，也就是說，我只可以有六分鐘的時間向你敘述土星上的情形，過了六分鐘，通訊儀的儲備電力便用完了，而地球人是沒有法子補充的，我們也就永遠音訊斷絕了，除非再有土星人到地球上來……」

（方天的聲音，顯得愉快之極。）

「我的太空船下降了，啊，我熟悉的山川河流，啊，費伊埃悉斯——那是土星上最高山峰的名稱，勤根勒凱奧——那是土星上的大湖，是我們最美麗的山、最美麗的湖！」

「我離開我久違的土地愈來愈近了，我看到大的建築物，我要降落在我自己國家首都的大廣場中，我正成功地向那裏飛去，奇怪得很，我離開地面已十分接近了，為什麼沒有飛行船迎接上來呢？為什麼沒有人和我作任何聯絡呢？」

（方天的聲音，這時已變得十分遲疑。）

「我着陸了，十分理想，甚至一點震盪也沒有，衛斯理，從現在起，我出了太空船，可以有六分鐘的時間，向你報告土星上的情形——」

（我和小納兩人，都站在通訊儀之旁，用心地傾聽着。可是，方天突然尖叫起來！）

「啊！這是什麼？是人群來歡迎我了，衛斯理，在通向廣場的所有街道上，都有人向我的太空船湧過來，我是被歡迎的——啊！不！不！不！這是什麼，這是什麼？

「這是什麼，他們是什麼？他們是什麼？衛斯理，他們是什麼？」

（我和小納，相顧愕然！）

「他們是什麼？他們不是人……是我從來也未曾見過的怪物，他們圍住了我的太空船，我……認不出他們是什麼來，他們像……是鱆魚……他們的手，長得像籐條一樣，他們的眼中……泛着死氣，啊，土星已被這群怪物佔領了……」

「不！不！這群怪物是不可能佔領土星的，他們愈來愈多，他們全是白癡，只知道一個對一個傻笑，我的天，我的天，他們是人，是土星人，是我的同類，是土星人！」

「我認出來了，那個爬在我們國家締造者的金屬像上的，是首都市長，他是一個莊嚴的學者，但這時他不如一隻猴子，我回來作什麼？我回來作什麼？

衛斯理，你說得對，土星人全是鄙劣的小人……」

（方天不斷地喘着氣。）

「在我離開土星的時候，便已經知道，七個國家，幾乎在同時，都發明了一種厲害的武器土星上是沒有戰爭的，但是對毀滅性武器的研究，卻又不遺餘力，那種武器，能破壞人的腦部組織，使人變為白癡，而且使人的生理形態，迅速地發生變化……」

（方天的聲音，愈來愈沉重。）

「但是因為這種毀滅性武器，即使是試製的話，如果試驗的次數多了，也會引起如同使用同樣惡果，所以七個國家之間，訂下了協定，大家都不准製造，可是……現在……現在……」

（方天在嗚咽着。）

「現在顯然是誰也沒有遵守那個協定，每個國家都在暗中試製，土星的空氣變了，土星人變了，變得了還不如猿猴的白癡，變成了怪物，衛斯理，我怎麼辦？我回來幹什麼？我回來幹什麼？」

（方天在聲嘶力竭地呼叫着。）

「這不是我的家鄉，這不是……我的家鄉在哪裏，我的家鄉，我可愛的家鄉——」

方天的話顯然還沒有講完。但是通訊儀上的紅燈，倏地熄滅，他的聲音再也聽不到了。

我退後一步，坐倒在沙發上。

我不知道方天的結果如何，他或許是又駛着太空船，直飛向無邊無際的太空，再去尋找他失去了的家鄉，或者他步出太空船，在已變了質的空氣影響下，他也變成那樣的怪物，或者，他會在那群白癡的攻擊中，連人帶太空船，一齊毀滅，或者……

我沒有法子推測下去，因為土星離地球實在太遠了，可不是麼？

強烈的季候風依時吹到，驅散了濃霧。

沒有人知道這場濃霧的由來，我和小納，也離開了基地，他要回歐洲去，我則回家來。

每逢晴朗的夜晚，我總要仰首向漆黑的天上，看上半晌。

我無法在十萬顆星星中找出土星來，我只是在想，方天究竟怎樣了？有着高度文明的土星人，自己毀滅了自己，地球人會不會步土星人的後塵呢？

我這樣呆呆地站着，每每直到天明！

（全書完）

衛斯理小說典藏版　05

回歸悲劇

作　　者：　衛斯理（倪匡）
責任編輯：　黎倩雲　黃敬安
封面設計：　三原色
出　　版：　明窗出版社
發　　行：　明報出版社有限公司
香港柴灣嘉業街18號
明報工業中心A座15樓
電　　話：　2595 3215
傳　　眞：　2898 2646
網　　址：　https://books.mingpao.com/
電子郵箱：　mpp@mingpao.com
版　　次：　二〇二〇年七月初版
二〇二二年七月第二版
二〇二三年六月第三版
I S B N：　978-988-8687-19-0
承　　印：　美雅印刷製本有限公司